PENTOTHAL

ÉRIC NEUHOFF

PENTOTHAL

ALBIN MICHEL

Aux vivants
Aux perdus

Pentothal :

(Pharmacologie) Composé chimique médicamenteux de formule brute $C_{11}H_{17}N_2NaO_2S$ utilisé comme inducteur pendant la phase de préparation à une anesthésie générale ; cette substance est également utilisée comme drogue lors d'interrogatoires pour inhiber la résistance du sujet questionné.

1978

La première fois que j'ai pris l'avion, c'était avec Europ Assistance. Curieux baptême de l'air. Mon vol inaugural se déroule sur une civière. En plein week-end du 14-Juillet, la compagnie d'assurances avait envoyé un avion à l'aéroport de Gérone. Ça n'avait pas été une mince affaire. Il avait sans doute fallu donner des tas de coups de fil. Mes parents étaient aux cent coups. Mes débuts de globe-trotteur étaient sans doute un peu tardifs. Au moins, je voyageais en jet privé. J'aurais aimé ne pas en perdre une miette. Cela ne fut pas possible.

Il est con, ce type. Qu'est-ce qu'il fait ? Maintenant, voilà qu'il découpe la jambe gauche de mon pantalon. Les ciseaux attaquent le tissu beige maculé de sang. Il ne sait donc pas que Levi's a cessé de fabriquer ce modèle, que j'ai eu un mal fou à en trouver un à ma taille ? J'ai envie de lui dire d'arrêter. Mon espagnol ne me permet pas de lui expliquer la chose. En plus, mon état brumeux n'arrange pas la communication. Ils ont dû me gaver de morphine.

Je suis étendu sans pouvoir bouger sur une table métallique. Dans quel hôpital ? Je crois me souvenir que l'ambulance a effectué une halte à la clínica Catalunya de Figueras qui est une copie presque conforme du château de Disneyland. Là, les autorités ont jugé la situation trop grave pour leurs compétences et m'ont expédié à Gérone.

Je me suis demandé si j'étais déjà mort. Mes paupières pesaient des tonnes. Mes membres étaient lourds. Visiblement, j'étais mal en point.

La seule chose dont je me souvienne, c'est que mon frère Franck portait un polo à rayures horizontales, style maillot de rugby. Le moyen de traduire ça à un homme en blanc dans une langue étrangère après un choc pareil ? Je bafouille. Rien ne sort de mes lèvres.

Mon pied gauche est à l'horizontale sur le billard, tourné vers son homologue de droite. Le détail m'étonne à peine. Je ne pense qu'à mon Levi's. Hé, je viens de l'acheter ! J'aurais dû prendre espagnol en deuxième langue. L'allemand, que conseillaient tous les professeurs, ne me sert décidément à rien.

Suis-je au bloc ? J'aperçois mon père qui semble tout droit sorti d'un rêve bizarre. Il y a du passage. Des formes se croisent. Elles glissent dans un mirage. Sensation étrange, inédite. Je suis là et je suis ailleurs. À l'arrière-plan, ma mère apparaît furtivement. Qui les a prévenus ? Tiens, voilà un copain de mon frère. Il était avec nous, c'est vrai. Il a un geste qu'on pourrait traduire par « Oh là là ! ».

Le doute n'est plus permis. J'ai eu un accident. Ça a l'air grave.

Rewind. Ma dernière image avant l'accident : le bas-côté éclairé par les phares, du gravier, de la poussière. Ça n'est pas normal de rouler à cet endroit. Plus loin, la pile d'un pont. Le champ de vision se met à rétrécir. L'air a quelque chose de rare, de métallique. La lumière est un tunnel. Après, plus rien. *Cut*. Tout devient liquide et blanc. Ces secondes m'échappent pour le restant de mes jours.

Je suis étendu sur la chaussée. Je ferme les yeux, les rouvre. Où suis-je ? Je vois un ciel où il n'y a rien. Qu'est-ce qu'il m'est arrivé ? Est-ce qu'on pourrait m'expliquer ce qui m'est arrivé ? Quelqu'un s'adresse à moi. Ça ne peut pas être déjà les secours. Il y aurait le bleu des gyrophares. Il doit s'agir d'un occupant du véhicule qui nous suivait. Je sens la fraîcheur du bitume. Des silhouettes se matérialisent. Elles appartiennent à des inconnus. Ils me parlent et je ne comprends pas ce qu'ils me disent. J'ai froid, soudain. Cela est bref. Qu'est-ce que je fous là ? Déconnez pas. Je me rendors. C'est la nuit.

Normalement, je devrais être au fond du ravin. Ils

m'ont sans doute récupéré dans le *rio* à sec. Les phares des voitures arrêtées éclairent la scène. J'ai à nouveau fermé les yeux, comme si cela allait suffire à effacer ce qui vient de se passer. Je n'étais nulle part. Ça ne va pas. Il y a une erreur. Je ne peux pas être dans cet état second. Je vais forcément me réveiller. Je ne sais plus si j'ai froid. La nuit est plus noire que jamais. Autour, les couleurs vibraient.

Le temps s'étire. Il bégaie. Quelqu'un me dit de ne pas bouger. Je ne vois pas comment je pourrais désobéir. J'ai trop chaud maintenant. Je rouvre les yeux et essaie de raconter que mon frère était dans la voiture de devant, qu'il faut le prévenir. Son polo à rayures. Une bouillie de mots me reste coincée dans la bouche. Tout m'apparaît dans une lumière bleutée, aveuglante, irréelle, comme dans ces films que Michael Mann n'a pas encore tournés. Le sang quitte mon cerveau d'un coup. Je m'évanouis à nouveau.

Nous ne sommes jamais arrivés au Rachdingue, Olivier et moi.

J'avais la place du mort. C'est lui qui ne s'en est pas sorti. Les ceintures de sécurité n'existaient pas. Du moins, elles n'étaient pas obligatoires. Sinon, nous aurions été tous les deux écrabouillés.

Ma chance fut d'être éjecté. Et lui ? Il est sans doute resté coincé derrière son volant. Les détails m'ont été épargnés. J'ignore comment le corps a été rapatrié, ce qu'il est advenu de l'épave de la Peugeot. Je ne sais pas qu'Olivier n'a pas survécu.

Arrêt sur image : elle revient sans cesse. Cette pile de pont, cône de granit en forme de parfait au café. Le cerveau a juste le temps d'enregistrer cela. L'obstacle se rapproche dangereusement. Nous avons à moitié quitté la route. Les pneus mordent le bas-côté. La terre battue dans le faisceau des phares. Le silence, maintenant. Ma jeunesse meurt sur le coup.

Je reprends mes esprits. Qu'est-ce qu'il m'arrive ? Je suis toujours étendu sur le bitume. Quelqu'un me parle. Quoi ? Je suis sonné comme jamais. Quel bordel ! Je ne dois pas être beau à voir. J'ai sommeil, soudain. Cela est bref. Un étrange épuisement me submerge. La marée refluait. Extérieur, nuit. Il n'y aura qu'une prise. Ça ne va pas. Je vais forcément me réveiller. Est-ce que je souffre ? Pas vraiment : je suis à moitié K.-O. Je me sens lourd, terriblement lourd. Je suis incapable de prononcer une phrase. Je flotte. Je ne peux pas m'asseoir. On dirait que je vais m'enfoncer dans le sol, m'enliser dans un néant duveteux. J'entends des bruits, des voix. D'accord, je ne bouge pas. Je ne risque pas, en plus. Ma tête retombe sur ma poitrine. Je suis blessé, ça ne fait pas de doute. Contre mon dos, la route n'est même plus froide. On s'occupe de moi.

Une conversation en espagnol a lieu quelque part. Je n'en saisis que des bribes. De toute façon, je ne parle pas cette langue. Grave bêtise. Je ne comprends pas ce qu'ils disent et je n'arrive pas à leur expliquer ce qui s'est passé. Je regarde ces gens à travers un brouillard chimique, comme s'ils évoluaient derrière une sorte de voile. Où est mon frère ? Où sont les autres ? Ils étaient devant nous. Je les imagine, au Rachdingue, consultant leur montre, se demandant ce que nous fichons. « Ils sont chiants, merde ! » Quelle drôle de torpeur. Je ne reconnais pas ma propre voix. Mon corps a dû se fracasser contre quelque chose. Je me suis sûrement bien esquinté. Ça recommence. Je coule à pic. L'oxygène se raréfie. Je me noyais dans une eau bourbeuse, privé de lumière et de sons. J'ai perdu la notion du temps. Les minutes grincent. Elles durent beaucoup plus de soixante secondes. Tout est confus, lointain, spongieux. Je n'ai pas peur. Il est trop tard. J'aurai toujours vingt-deux ans et des poussières étendu sur une départementale catalane des années soixante-dix.

L'ambulance, maintenant. Un infirmier en blouse blanche est penché sur moi. Ses lèvres sont en train de bouger. Il essaie sûrement de me dire de ne pas m'endormir. Je me sens faible faible faible. Ma vie ne tient plus qu'à un fil. Je fixe la lampe au plafond. Cela ne dure pas. Je replonge dans un magma. Un sommeil abyssal, amniotique me submerge. Je n'ai même pas mal. La morphine agissait. Je me perds dans un néant confortable. C'est comme si je faisais la planche dans une piscine sans eau. Je ne vois pas ma vie défiler derrière mes paupières. Ça ne doit pas être pour tout de suite. Il s'agit d'une légende. Les films racontent n'importe quoi.

Comment aurais-je pu revoir toutes ces images alors que je suis incapable de reconstituer ces fatales secondes ?

Pendant des jours et des jours, des seringues me volent des pans entiers de ma vie. Je ne m'appartiens plus.

J'attends que mon âme se détache de mon corps. Rien de tel ne se produit. Quelle blague ! Je n'arrive pas à rassembler mes pensées. Il y a bien cette sensation physique de tomber dans le vide. Un flacon de goutte-à-goutte se balance au-dessus de moi. Il n'arrête pas de trembloter. Je me sentais perdu. Il fallait que je me concentre sur quelque chose. Chaque seconde gagnée est une victoire. Le sang palpite dans mes veines. Un étourdissement me ramène dans le néant. C'est lent et doux. Le flacon à l'envers : ce sera ma dernière image. Ça y est. On jette l'éponge. On arrête tout. Je meurs. C'est d'une douceur infinie. Il n'y a rien. Le noir se fait.

Par moments, il n'y eut plus que de la lumière. Puis rien du tout. Un gouffre m'aspire. J'ai sommeil. C'est fou ce que j'ai sommeil. Je voudrais qu'on me laisse dormir.

Ça ne me gênerait pas de mourir. On dit qu'avant, il y a un trou noir. Il ne s'agit pas d'une invention. Raté. Pas cette fois. Pas encore. Où suis-je ? L'ambulance continue à rouler dans la nuit. Des visages planent au-dessus de moi.

Est-ce qu'ils ont réussi à localiser mon frère ? Il faudrait avertir mes parents, aussi. Et Olivier ? Qu'est-ce qu'ils ont fait d'Olivier ? Pendant un temps, je ne me doute de rien. Je suis cloué dans mon lit et je me dis qu'il est dans la même situation, prisonnier d'un hôpital du Sud-Ouest. Je sombre à nouveau dans un brouillard. Puis je coule à pic, attiré dans un vortex non répertorié. Un poids immense m'envoie par le fond.

Ensuite, le monde devint vertical.

Quand je rouvre les yeux, je suis allongé sur une table métallique.
J'ai mal. J'ai froid. Le noir m'engloutit.

C'est malin. Ils m'ont plâtré. J'ai une fracture ouverte et ils m'ont plâtré la jambe, ces andouilles. Même le dernier des internes sait que cela constitue une hérésie.

Mes parents sont là. Comment ont-ils été prévenus ? Personne n'avait le téléphone, à l'époque, sur la Costa Brava. Commence pour moi un long tunnel de questions sans réponse. Qui aurait pu prévoir que je m'engageais dans douze mois d'hospitalisation ?

La veille, nous étions partis pour Playa de Aro.

Quelle idée ! Elle ne venait sûrement pas de moi : j'ai toujours détesté cette station de la Costa Brava, avec ses faux airs de Miami (où je ne suis jamais allé), sa longue avenue remplie de boutiques criardes et de terrasses bruyantes.

Où avions-nous dansé ? Maddox ou Tiffany's ? Impossible de vérifier. Ces semaines-là, j'étais dans l'incapacité de remplir mes agendas (le reste du temps, j'y notais tout, les films, les boîtes, les restaurants). J'ai un peu honte, je parie qu'à l'époque j'ignorais que Tiffany était un célèbre joaillier de la Ve Avenue. D'ailleurs, je n'étais jamais allé à New York non plus. J'avais vingt-deux ans et je carburais à l'espoir.

Nous avions à peine dormi. La journée du lendemain s'étira mollement sur le bateau de Gilles. Le marin avait une casquette de capitaine avec une visière de Plexiglas. Il nous emmena jusqu'à Cadaqués. Il y avait le ciel d'été, avec sa flottille de nuages. J'ai attrapé un coup de soleil. Nous n'avions même pas fait un crochet par Port Lligat pour admirer la maison de Dalí. Quel dommage de rater le spectacle des cygnes nageant dans la crique !

L'après-midi avait passé comme un souffle. Le soleil semblait trop brillant, la mer trop bleue. Le vent chaud avait une douceur de velours. Olivier découvrait cette partie de l'Espagne. Nous savions qu'un roman se déroulait ici, *Les Pianos mécaniques*. Personne ne l'avait lu. Une fois, j'avais aperçu l'auteur à la terrasse du Marítim. Henri-François Rey, le visage tanné comme celui d'un vieux chef sioux, portait une chemise de gardian aux manches retroussées. Avec ses bras maigres, il faisait de grands moulinets devant un parterre d'habitués.

De retour à Rosas, nous avions dîné de tapas au Mini Bar, à côté de l'église. Le serveur est un gamin de douze ans répondant au prénom de Bastian. Il est malicieux, dans sa chemisette de nylon blanche et son pantalon noir. L'établissement ne payait pas de mine. À l'intérieur, cela puait la friture. Des tables en Formica occupaient le trottoir. Ils servaient des cailles rôties, des brochettes, des piments grillés. La bière était à la pression. Les *cañas* dégoulinaient de fraîcheur. Olivier recommanda des sépions.

Une halte eut lieu au Barbarossa, avec sa façade crépie à la chaux et ses grilles peintes en bleu. Au comptoir, il y eut une tournée de gin tonics. Gilles revenait du Japon. Mon frère parlait du restaurant où il était cuisinier, dans les Yvelines. Je devais emmerder tout le monde avec Drieu la Rochelle ou Bernard Frank.

Minuit approchait. Il fallait y aller. Olivier ne connaissait pas le Rachdingue (le nom a été inventé par Henri-François Rey – encore lui ! – qui en a fait le titre d'un roman), cette ancienne ferme transformée en discothèque à moitié en plein air, à dix kilomètres, direction Peralada. Je vais avec lui dans la 204. Il n'y a que deux places. Les autres accompagnent Gilles.

La route est droite, inexorable. Nous traversons des villages endormis. Au rond-point de Palau-Saverdera, une bâtisse abrite une fabrique d'huile d'olive. La boutique est fermée. Plus loin, Pau est l'adresse de ce restaurant au nom facile à retenir, Le Calamar en folie. Après, le film défile en mode accéléré.

C'est la première fois que je monte dans une décapotable. Ce baptême a de quoi exciter le dadais que je suis. La sensation est neuve. Le vent me souffle au visage. Je penche la tête en arrière, respire l'air frais et parfumé par les eucalyptus. Dans le ciel d'un bleu marine intense, les étoiles mènent la danse. Elles me toisent. Cette griserie n'est pas désagréable. Provient-elle du vent ou de la vitesse ? J'aurais mieux fait de surveiller la route. Elle s'étirait devant nous à l'infini, se rallongeait sans cesse. Le bitume se jette sous les roues, comme au début du film *En quatrième vitesse*.

Les phares creusaient la nuit. Les secondes passaient. Le paysage se vitrifiait. La chaussée rétrécit à chaque seconde. Le talus se rapproche dangereusement. Cette vision insensée. Ça ne devrait pas être comme ça. Avant le choc, tout s'éteint.

Je me croyais immortel. J'étais bien con. Je suis devenu ce corps couché sur une départementale catalane. Je n'en finirai jamais de parcourir les quelques kilomètres qui séparent Rosas de Vilajuïga. Je suis vivant. Qu'est-ce qu'ils veulent de plus ? J'aimerais qu'ils me laissent tranquille. S'ils savaient comme je suis fatigué. La conscience met les voiles. Le monde s'éloigne et je m'en fous. Je coule. Je veux juste me reposer un peu. Olivier ? Est-ce qu'ils ont vu Olivier ? Où est la bagnole ?

Elle doit être dans un drôle d'état.

« Mais puisque je vous dis que je ne parle pas espagnol ! »

J'ai été éjecté. Il n'a pas eu cette chance. Par la suite, à l'hôpital, ces images me sembleront parfois être le produit de mes divagations, comme si un savant fou m'avait capturé pour faire de moi le cobaye de ses expérimentations insensées.

Ça devait mal finir. Nous nous étions beaucoup trop amusés. Ça avait été une année parfaite. Je ne me souviens pas d'avoir dormi. 1978 se déroulait pied au plancher. Nous préférions le Glenfiddich au brave Johnnie Walker. J'étais censé préparer mon mémoire sur Drieu la Rochelle. « Lettres modernes », on disait ça comme ça. Je ne fichais pas grand-chose. À l'époque, les livres de l'auteur n'étaient pas si faciles à se procurer. Quand vous réclamiez un titre, les libraires tordaient le nez. Les examens m'attendaient en septembre. À tous les coups, je serais collé. J'avais commencé à rédiger une dizaine de pages sur le fiasco amoureux, un des thèmes récurrents chez l'auteur de *Rêveuse bourgeoisie*. Je ne savais même pas ce que c'était. Depuis, le métier est rentré.

Gilles, dont le prénom évoquait un roman de Drieu et qui ne s'en doutait pas une seconde, effectuait son service militaire à Paris. Son père l'avait pistonné. Olivier, lui, c'était à Toulouse. L'armée avait interrompu ses études à Sciences Po. À Censier, j'étais inscrit en maîtrise. Je me prenais pour l'homme couvert de femmes, sujet du mémoire que j'étais supposé rendre. On ne me voyait pas souvent à la faculté, proche du cinéma La Clef. La bouche de métro était juste devant le café qu'on aperçoit à la fin de *Vincent, François, Paul... et les autres*. Dans un amphithéâtre, le ciné-club projeta un après-midi une bobine du *Feu follet*. Le film de Louis Malle, pour de sombres problèmes de droit, ne passait quasiment nulle part. Le lendemain, j'achetais les *Gymnopédies* d'Erik Satie. Elles constituent la bande originale.

Les fêtes se succédaient. Les nuits blanches se mélangeaient les pieds. Cela n'arrêtait pas.

Nous filions dans le Sud-Ouest pour un rien, nous nous entassions dans des voitures qui n'étaient pas à nous. L'autoroute n'existait pas. La nationale 20 n'avait plus de secret pour nous. Des poids lourds nous ralentissaient. À Châteauroux, une halte s'imposait à l'Escale, pour une partie de flipper et un café. Ce restaurant pour routiers était en face de l'aérodrome. Il était immense. Le petit déjeuner se prenait à Limoges, du côté de la gare. Nous conduisions à tour de rôle. Les autres somnolaient sur la banquette arrière. La radio marchait à fond. Cela évitait de s'endormir tout à fait.

Montparnasse était notre Q.G. Les chilis du Rosebud étaient irréfutables. Un saint-pourçain accompagnait ces haricots rouges au goût pimenté. Les serveurs avaient des vestes blanches un peu tachées. Ils passaient des disques de jazz. Dans ce bar aux boiseries noircies de fumée, il n'était pas rare de croiser Jean-Pierre Léaud, avec sa mèche. Il avait le même geste que dans les films pour la remettre en arrière. Nul n'osait l'aborder. Léaud, merde, à deux mètres de nous ! Nous avons, oui, dîné un jour à côté d'Antoine Doinel. Il n'y avait qu'à Paris que ces choses arrivaient. Nous déjeunions au restaurant universitaire de la rue de Vaugirard, jouions au Scrabble en écoutant du Lucio Battisti. Le mardi soir, direction le Bus Palladium. L'entrée était gratuite pour les filles. Il nous arrivait de monter à trois sur le scooter de Philippe qui était inscrit à l'École spéciale d'architecture. Il parlait tout le temps de « charrettes ». Le mot nous faisait rigoler. Cette année-là, il ne jurait que par Krishnamurti. Un de ses professeurs s'appelait Virilio. Le nom n'était prononcé qu'avec respect. Philippe était pensionnaire au 104 de la rue de Vaugirard, le foyer mariste où s'étaient illustrés Mauriac et Mitterrand. J'occupais à l'Observatoire une chambre chez de charmantes personnes âgées. Henri-Michel, lui, préparait l'ENA. Ce Marseillais possédait une voiture. Il lui arrivait de nous prêter cette Lancia d'un rouge terne. Dans nos têtes, les prénoms féminins se confondaient.

Il y avait les filles, toutes ces filles. Elles étaient généralement de bonne famille, faisaient semblant d'être farouches, occupaient des appartements à Saint-Germain-des-Prés ou aux Invalides, fêtaient leur anniversaire à l'Élysée Matignon. Nous les baisions sans doute mal, à la va-vite. Elles ne comptaient pas. On ne les comptait pas. Rien de glorieux là-dedans. C'étaient des héroïnes de Sagan, des allumeuses candides, des petites filles pas si modèles que ça. Leurs frères, qui n'étaient pas fous, nous considéraient d'un œil mauvais. Elles étudiaient à l'École du Louvre, suivaient des cours de dactylographie rue de Lille, se lançaient dans la reliure. Nous n'en avons épousé aucune. Elles habitaient les beaux quartiers et n'avaient pas lu Aragon. Certaines appartenaient à de vieilles dynasties bordelaises. Nous buvions leur whisky, rayions leurs 33 tours, vidions leur frigo. Bêtement, je leur conseillais *Bermuda* ou *Je te reparlerai d'amour*. Cela me valait des haussements d'épaules. Les heures que nous avons perdues, ensemble. Jacques-Pierre Amette, Pascal Jardin, elles avaient d'autres soucis. Il y avait les gourdiflotes qui, dans leurs lettres, dessinaient une marguerite au-dessus des *i*. Il y avait celles qui mettaient un cœur à côté de leur signature. Les délicates utilisaient de l'encre parfumée. C'était le comble du kitsch. Nous leur passions tout. Pardon, nous ne nous sommes pas toujours très bien conduits. Nous avions des excuses : nous nous foutions de tout, pas seulement de nous.

Que sont-elles devenues, les Cécile, les Nathalie, les Sandra ? Repensent-elles quelquefois aux petits cons que nous étions ? Mieux vaut ne pas savoir. Priscille, alcoolique au dernier degré, effectuerait de fréquents séjours en hôpital psychiatrique et perdrait la garde de ses enfants. Quant à Sophie, elle sévirait dans des ministères, quel que soit le parti au pouvoir. Je me demande ce qui est le plus triste. Mais je ne vais pas me mettre à débiter la liste de toutes ces demoiselles avec lesquelles je n'étais arrivé à rien, sinon ce volume compterait plus de cinq cents pages.

Nous avalions des express, des demis, à la terrasse du Rouquet, unique établissement du quartier à n'avoir pas été rénové. L'École des mines était juste à côté. Plus bas, rue des Saints-Pères, c'était la faculté de médecine où

Isabelle Adjani était inscrite dans *La Gifle*. Notre secret espoir était de la croiser un jour, ses polycopiés sous le bras. Nous faisions semblant d'y croire. Le cinéma se confondait avec la vie. Il ne nous aurait pas choqué de nous suicider aux barbituriques dans les toilettes d'un bistrot rue de Verneuil, imitant en cela le Dutronc de *L'important, c'est d'aimer*. Nous étions des zozos à l'accent parisien. Téléphone débutait. Gainsbourg avait osé *Rock Around the Bunker*.

Le vendredi soir, nous nous donnions rendez-vous aux 3 Luxembourg pour revoir *Phantom of the Paradise* avant d'avaler un hamburger au McDonald's voisin.

Les samedis après-midi, nous filions à la Maison de la radio pour l'enregistrement du « Masque et la Plume » au studio 104. Une fois, je ne résistai pas à l'envie de m'emparer du micro. C'était pour dire du bien de Dominique Sanda dans *L'Héritage* de Bolognini (jamais revu). Je réitérai l'expérience un autre jour en donnant mon avis sur *Carrie au bal du diable* de Brian De Palma, sous l'œil à la fois goguenard et sidéré de mes camarades. Sur la scène, Jean-Louis Bory avait un blouson de cuir et un col roulé en viscose. Charensol rangeait ses papiers. Bastide avait de grosses cravates en tricot. À la sortie, avenue du Président-Kennedy, la question se posait de savoir où finir la soirée. Il y avait le choix. Nous nous réjouissions de toutes ces fêtes avec une intensité quasi enfantine, comme si c'était Noël plusieurs fois par semaine.

Les ministres roulaient en DS 21 Pallas noires (mon père en avait eu une, bleu marine, dont il était très fier). Au Mac-Mahon, un gong annonçait le début de la séance. À la fin de *Rocky*, le public applaudissait. Stallone devint notre héros. L'inaltérable Clint Eastwood gardait nos faveurs. *Un taxi mauve* nous donna des envies d'Irlande. Déon, ce salaud, avait la belle vie. Bientôt, nous partirions pour le Connemara dans l'espoir de tomber sur Charlotte Rampling. Sur les écrans, Truffaut continuait à aimer les femmes. Woody Allen draguait Diane Keaton qui portait de grands chapeaux, des gilets et conduisait dans New York une Coccinelle décapotable. Mel Brooks parodiait Hitchcock. Entre *La 7e Compagnie* et les Charlots, nous aurions eu du mal à choisir. Nous n'étions pas bégueules. Nous étions abonnés à des tas de revues spécialisées. *Duellistes* nous poussa à lire Conrad. À cause d'*Une journée particulière*, nous étions tous des homosexuels italiens. Le noir et blanc allait bien à la Rome de Mussolini. « Fasciste », l'insulte résonnait sur les boulevards du Quartier latin. C'était facile. C'était idiot. C'était l'époque. Il nous tardait de vieillir et de déjeuner entre copains sur une terrasse bretonne après un enterrement comme dans *Nous irons tous au paradis*. Un coup de vent soulèverait la nappe, renversant les verres et les assiettes au ralenti. Nous avions un peu de mal à distinguer la réalité de ce qui se passait dans le noir. Cela nous a perdus. Si nous nous étions écoutés, nous serions entrés dans un bistrot anonyme, aurions commandé un cognac avant de tourner les talons en lançant : « Ça pue la mort, ici. » C'était une scène du *Crabe-Tambour*, film rempli d'embruns et d'horizon, de nostalgie et de parole d'honneur. *Providence* eut le mérite de nous initier au chablis : John Gielgud s'en imbibe à longueur de bobine. Avec sagesse, nous évitions Agnès Varda pour nous précipiter chez Joël Séria. Nous n'avions rien compris à la suite de *L'Exorciste*. *Le Diable probablement* nous laissa de marbre, une habitude avec Bresson. Le titre était bien. Il ne fallait pas compter sur nous pour acheter un billet pour *Padre padrone* qui avait eu la Palme d'or (merci monsieur Rossellini, président du jury). L'inénarrable *Camion* nous révéla les *Variations Diabelli*. C'était déjà ça. Fassbinder nous rasait. Mieux valait suivre Philippe de Broca avec Noiret en costume seersucker.

C'était l'époque des chaussettes Burlington et des imperméables Burberry's. La panoplie se complétait avec les mocassins Sebago. Les minets – on ne disait plus ça – enfilaient des Weston modèle chasse. Des lodens remontaient la rue d'Assas. Rue Saint-Guillaume, les élèves de première année avaient des serre-tête en velours. Ces provinciales étaient pensionnaires dans un foyer rue de la Chaise qui était interdit aux garçons. Cette belle jeunesse se dorait la pilule. Nous débarquions en troupe chez des gens que nous connaissions à peine, dans des appartements où les manteaux des invités s'entassaient sur les lits à deux places des parents.

Une seule certitude : nous ne les reverrions jamais. Nous vidions les verres qu'on nous tendait. Philippe roulait sur sa Vespa d'occasion, une rareté à l'époque. Les deux-roues se comptaient sur les doigts d'une main. Les vélos, on n'en parle même pas. J'avais une brave carte orange, ancêtre du passe Navigo et consorts. Le 91 descendait le boulevard de Port-Royal. Il permettait de se rendre à Censier. La vérité oblige à dire que je ne l'empruntais pas souvent. À la faculté, les murs étaient couverts de graffitis et personne ne songeait à appeler ça de l'art. Dans le hall, des exaltés brandissaient des tracts. C'est là, un mardi, que j'ai appris la disparition de Malraux, grâce à un vendeur du *Monde*. Dans les salles de classe, les professeurs discouraient sur Proust et Roland Barthes. Je les écoutais d'une oreille distraite, persuadé que je n'avais pas besoin d'eux pour apprendre à lire. Que Derrida aille se faire voir, avec sa théorie de l'œuvre orpheline ! Saussure, la barbe. Aux chiottes, Deleuze et son charabia ! Les sciences humaines nous emmerdaient. Elles régnaient sur l'enseignement supérieur. Ça serait sans nous.

Le 83 était notre autobus préféré à cause de sa plate-forme. Il remontait la rue d'Assas, longeait le Luxembourg, passait devant la Closerie des Lilas où l'on préparait les meilleurs irish-coffees du monde, filait vers les Gobelins, s'arrêtait au feu rouge à hauteur de l'Escurial dont l'écran était presque aussi immense que celui du Kinopanorama. La carte orange était notre sésame. Elle ne quittait pas notre portefeuille. Dans le métro, nous connaissions par cœur les correspondances, les changements à éviter. Châtelet-Les Halles était un labyrinthe. Les wagons de première étaient plutôt vides.

Paris était emporté par un flot de distractions vertigineux. On ne savait plus où donner de la tête. Nous dînions souvent au Pop'Hot, rue Grégoire-de-Tours où l'on servait des entrecôtes sur une planche en bois avec des montagnes de frites et un vin rouge du pays occitan. Il tachait. Le cuistot avait une coupe à la du Guesclin et était bassiste dans un groupe de rock. Derrière le comptoir, la viande cuisait sur le gril. Il y avait de la fumée partout. On sentait le graillon et on s'en foutait. À d'autres occasions, nous nous rendions à la Mercerie, rue des Cannettes, établissement équivalent. À midi, nous nous contentions d'un sandwich au Rouquet. Un flipper trônait à l'intérieur. Le serveur était marocain. Il blaguait tout le temps. Un jour, il est reparti dans son pays. La patronne avait sa table, à gauche dans la deuxième salle. Le décor n'aurait pas déparé un Godard de la bonne époque. Carrelage, néons et moleskine. Les demis et les parties gratuites s'enchaînaient. Nous jouions à plusieurs. *It's more fun to compete.* Nous ne savions pas que Jacques Brenner habitait juste à côté. D'ailleurs, nous ne savions pas qui était Jacques Brenner. Il faudrait attendre que sorte son *Histoire de la littérature française* pour que nous découvrions ce chroniqueur débonnaire et futé. *Idem* pour *Le Magazine littéraire* dont les bureaux se cachaient à quelques mètres, au fond d'une cour. Nous gardions les anciens numéros à cause des dossiers consacrés aux écrivains. Le reste était bon à jeter à la poubelle. Le Rouquet avait une terrasse. L'été, nous regardions les passantes. Elles avaient toutes l'air de Parisiennes, même les touristes. Le miracle s'accomplissait. Les voitures piaffaient au feu rouge. Il nous est arrivé d'apercevoir l'écrivain Jacques Sternberg roulant sur son Solex, un bonnet de marin vissé sur le crâne. Nous sommes en 2023 et l'endroit ne bouge pas. Des équipes de cinéma y tournent des films. Ce sont des films français.

On achetait la première édition du *Monde* au kiosque du boulevard Saint-Germain. C'était notre gage de sérieux. Nous nous précipitions sur les articles de Jean de Baroncelli ou de Bertrand Poirot-Delpech. Le premier avait épousé l'actrice comique Sophie Desmarest, ce qui ne manquait pas de nous troubler. Et encore, nous ignorions que Maurice Ronet, notre idole, avait été marié à Maria Pacôme. *Nobody's perfect*. En face, à l'angle de la rue des Saints-Pères, il y avait une pharmacie. Elle est devenue un magasin de mode italienne. Nous passions devant la maison Grasset. Les dernières parutions se pavanaient dans la vitrine. Nous évitions le Twickenham, faux pub anglais. Les éditions du Sagittaire avaient leur adresse dans les parages. Des femmes très belles se rendaient à la boutique Laura Ashley. Je venais de dévorer tout Bernard Frank, dont j'avais déniché les livres épuisés dans les caves de chez Julliard, rue Garancière. Mon rêve était de mener la vie de Patrick Besson qui avait notre âge. Ce veinard avait déjà publié plusieurs romans.

Le mardi, donc, c'était Bus Palladium. Rendez-vous était pris chez Bruno, dans son studio de la rue de Vaugirard. Le menu se composait de crevettes grises, de bordeaux et de fromage. Il y avait foule, plus un centimètre carré de libre. On se serait cru dans la party de *Diamants sur canapé*. La table d'architecte avait été repliée pour gagner de la place. Les filles s'étalaient sur le lit. Les verres se renversaient sur la moquette brune. De futures ménagères aspergeaient les taches de sel. Gilles réclamait un Alka-Seltzer. Richard voulait des chips. Astrid promettait de ne pas boire. Est-ce qu'avant d'aller rue Fontaine, quelqu'un pourrait l'emmener saluer un ami qui venait d'ouvrir un restaurant rue Véron ? Personne ne savait où c'était. Comment faisait-on pour tous nous retrouver là-bas, dans cette boîte où l'on passait la meilleure musique de Paris ? Le physionomiste était une grande baraque en bomber qui ne nous refoulait jamais. Cela restait pour nous un mystère. Il nous ouvrait la porte avec un mouvement entendu du menton. Ne faites pas trop les cons, les gars. Je n'en jurerais pas, mais il est probable qu'on nous décorait la main avec un tampon encreur une fois le droit d'entrée acquitté. Est-ce qu'il valait mieux prendre une consommation ou commander une bouteille ? Le dilemme était cornélien. André, toujours doué, avait planqué sous sa veste un litre de vodka. Il le glissa délicatement sur la table, avec un clin d'œil. Grand mal lui en prit. La marque n'était pas celle que proposait le bar. Le personnel l'exhorta fermement à déguerpir. Nous le retrouvâmes au café d'en face où il noyait son chagrin dans divers alcools fermentés. La stratégie d'Henri-Michel était plus efficace : il gardait du whisky dans sa voiture. Nous effectuions des allers-retours assoiffés entre sa Lancia et la discothèque. Le DJ ne mettait que du rock. Sur la piste, les filles étaient belles comme des mannequins. Elles nous narguaient, se déhanchaient sur *Still the Same* de Bob Seger ou *Show Me the Way* de Peter Frampton. Les audacieuses se montraient sur l'estrade où plusieurs billards électriques se serraient les coudes. Un soir, Patrick Dewaere était là. Miou-Miou venait de le plaquer. Il semblait particulièrement seul. Sa détresse crevait les yeux. Les siens étaient pleins de pharmacie. Visiblement, il était sur un autre fuseau horaire. Gilles essaya d'engager la conversation. Ça n'était ni le lieu ni le moment. L'acteur tourna les talons et disparut dans la nuit hésitante. Sur le trottoir, des créatures faisaient le pied de grue en fumant des cigarettes. Bertrand aborda l'une d'elles, l'attaqua d'un langoureux « C'est combien ? ». La réponse fusa : « Casse-toi, pédé. J'suis un travesti. » Il ne demanda pas son reste. Le théâtre Fontaine était éteint. Pascal Jardin y avait monté une de ses pièces.

Était-ce *Comme avant* ou *Madame est sortie* ? J'avais vu les deux, moi qui ne vais jamais au théâtre. Jean-Pierre Cassel jouait son double. Le mercredi, généralement, nous n'étions pas frais. Nous avions des excuses. Ces nuits presque blanches nous laissaient sur le flanc. Les cours patienteraient jusqu'au lendemain.

Les premiers restaurants américains avaient ouvert aux Halles. Conway's, Front-Page, ces syllabes sonnaient comme un sésame. Les cocktails s'intitulaient Manhattan, Screwdriver. Le Harvey Wallbanger avait notre préférence, à cause de sa sonorité. Gatsby n'était pas notre cousin. À Mabillon, le Old Navy ne fermait jamais. C'était un autre monde. C'était une autre vie.

Tout cela a disparu. Tout cela est parti en fumée. Pourtant, ces choses ont bien eu lieu. Je vous jure qu'elles ont eu lieu.

Nous nous piquions d'avoir lu les nouveaux philosophes. Autour de nous, il y avait beaucoup de Messieurs Je-Sais-Tout. Pour ma part, j'étais plutôt un Monsieur Je-Ne-Veux-Rien-Savoir. L'adolescence : si sûre d'elle.

Personne ne regardait la télévision.

Le dimanche, un peu avant minuit, Olivier grimpait dans un train pour Laval, où il faisait ses classes. Sa caserne l'attendait. Nous l'accompagnions à Montparnasse. Sur le quai, des troufions braillaient : « La quille, bordel ! »

Des gangsters avaient enlevé le baron Empain devant son domicile de l'avenue Foch. Ce milliardaire au physique de play-boy gagnait des fortunes au poker et les initiés le surnommaient « Wado ». Ses ravisseurs lui avaient coupé une phalange. Nous découvrons ébahis que Schneider se prononce « Chnèdre ». Le naufrage de l'*Amoco-Cadiz* provoque une marée noire dans le Finistère. On s'en moque : aucun d'entre nous ne passe ses vacances en Bretagne. Polanski décampe des États-Unis à cause d'une affaire avec une mineure. Il n'y remettra jamais les pieds. Lien de cause à effet ? *Chinatown* sera son dernier bon film. Claude François s'électrocute dans sa baignoire. Des plaisanteries graveleuses courent sur les détails de l'accident. Ce sera notre affaire Kennedy. « Où étiez-vous quand vous avez appris la mort de Claude François ? » Bientôt, des foules entières danseront sur *Alexandrie, Alexandra*. Des parachutistes sautent sur Kolwezi et nous ne sommes même pas capables d'être invités à l'ouverture du Palace. On se la coulait douce.

Le printemps déboulait sans prévenir. Gilles faisait ses classes à Mourmelon. De la caserne, il nous rapportait de gros pulls en laine kaki. Grâce à son père qui travaillait dans l'import-export, Gilles avait une loge à Roland-Garros. Il était urgent d'en profiter. Porte d'Auteuil, nous nous dévissions la tête sur les demoiselles en tee-shirt – elles n'avaient tout de même pas ressorti celui orné du slogan « Giscard à la barre » qu'elles enfilaient fièrement pour soutenir leur candidat à la présidentielle. Pour nous, le printemps avait la couleur orange du court central. Il avait une taille humaine. La terre ne s'avouait pas battue. Dans les allées, les plus belles femmes de Paris portaient des panamas. Parisienne : le spécimen prospérait encore. Elles s'étaient échappées d'un dessin de Kiraz pour venir applaudir un ace, saluer une montée au filet, se pâmer devant une volée. On les trouvait dans les nouvelles de Paul Morand où elles étaient toujours belles comme la femme d'un autre. Elles n'étaient pas pour moi. Nous les voyions passer, indifférentes et lointaines. Nous n'existions pas. Nous avions repéré des centaines de leurs semblables, en train de traverser l'avenue Montaigne en courant, d'attendre un taxi à la station devant chez Lipp où nous rêvions d'avoir une table, de promener leur chien aux Tuileries, de manger une gaufre au Luxembourg. Ce spectacle était une torture. Durant les échanges, leur visage bougeait de droite à gauche. Sur le terrain, les Stan Smith se tachaient de poudre orangée. Les cris de bûcheron étaient rares. Borg raflait tout, comme d'habitude, avec son bandeau de coton autour du crâne. Victor Pecci, superbe mustang paraguayen, arborait un diamant à l'oreille droite. On n'a plus entendu parler de lui. Jimmy Connors râlait contre l'arbitre. John McEnroe lançait sa raquette en l'air. Guillermo Vilas envoyait en douce des poèmes à Caroline de Monaco. Cela nous apprit à nous méfier des Argentins. Le jeu en fond de court entamait sa triste carrière. Des boulets de canon partaient à cent à l'heure. Le public gardait son calme. On n'était pas chez les hooligans. Les Français se faisaient éliminer dès les premiers tours. En fin de journée, nous quittions la verdure pour respirer à nouveau notre dose de gaz carbonique. Je n'en parlais à personne, mais j'avais envie d'écrire un roman aussi beau que *Les États du désert* de Marc Cholodenko et j'étais jaloux de Jean-Marc Roberts qui était à peine plus âgé que nous et publiait avec une louable régularité. Entre la NRF et l'ATP, nous refusions de choisir.

Je ne retourne plus à Roland-Garros. Nous aurions l'air des vieux du *Muppet Show*, *L'Équipe* sous le bras.

Le festival de Cannes nous passait sous le nez. Pas question de s'infliger la Palme d'or, cet *Arbre aux sabots*. Les paysans italiens pousseraient leur charrue sans nous. À la place de Jane Fonda dans *Retour*, avec ses frisottis, nous votions pour la Jill Clayburgh d'*Une femme libre*. Quelle mouche nous avait piqués ? *Midnight Express* nous dissuada de partir en vacances pour la Turquie. En revanche, quand nous irions à New York, la première chose que nous ferions serait de nous précipiter dans un *single bar* pour tomber sur la Diane Keaton d'*À la recherche de Mr Goodbar*. Nous saurions comment la saouler. Dans *Rencontres du troisième type*, Truffaut avait un accent pas possible. Sa *Chambre verte* nous laissa cois. *La Petite* déclencha chez nous de solides bâillements. Encore un effort pour devenir pédophiles. Il nous faudra pas mal de temps pour découvrir que

L'Hôtel de la plage se situait à Locquirec. Nous enviions la Range Rover que conduisait Montand dans *Les Routes du Sud*. Rouler la nuit vers l'Espagne participait de nos habitudes. Franco n'était donc pas un dictateur si terrible : notre seul reproche était qu'il nous avait imposé Carlos Saura. *Porque te vas* nous avait gâché un été. *Graffiti Party* aurait pu nous initier au surf, mais il n'y avait pas assez de vagues sur la Costa Brava. Il était plus facile pour nous d'imiter le Dutronc de *Sale rêveur* avec sa mèche et son blouson de cuir. Nous ne songions pas à regarder les César. Toujours snobs, nous avions boudé *La Fièvre du samedi soir*. Travolta avec ses cols pelle à tarte, les Bee Gees et leurs voix de châtrés, vous nous preniez pour qui ?

Le disco battait son plein. Patrick Juvet se demandait où étaient les femmes. Elles étaient partout, en jupe courte, en chemise Lacoste. *Let's All Chant* résonnait sur les chaînes hi-fi. Nous refusions de danser là-dessus. Un soupçon de dignité. C'est tout juste si nous pardonnions aux Rolling Stones d'avoir enregistré *Miss You*. Leur nouvel album, *Some Girls*, venait de sortir. Les puristes faisaient la gueule. Les petits malins rappelaient que la chanson *Respectable* concernait Bianca Jagger. Pour son vingt-septième anniversaire, cette grande bringue nicaraguayenne était arrivée au Studio 54 sur le dos d'un cheval blanc. Une version différente circulait : la monture était le cadeau auquel avait pensé le patron du club, Steve Rubell, qui finirait en prison pour fraude fiscale.

Nous cherchions le sexe des anges. Mais *Miss You*, non, cela nous restait en travers de la gorge. Décidément, le groupe avait trahi. Le Bus résistait courageusement à la vague, avec ses bons vieux rocks. Nous rentrions à point d'heure. Il y avait aussi l'Élysée Matignon. Castel serait pour plus tard.

Le week-end, il n'était pas rare de pousser jusqu'à Montreuil, ce qui nous ruinait en taxis. La Main bleue avait ouvert en sous-sol dans ce qui avait failli être le parking d'un centre commercial. Les bières étaient bon marché. Des Noirs vêtus d'extravagants costumes trois-pièces se déhanchaient sur la piste. Ils attendaient la fermeture, l'heure du premier métro. Nous avions l'air fin, à côté d'eux, raides comme des santons. Des lasers balayaient l'obscurité. *Lust for Life*, *La Vie en rose* version Grace Jones résonnaient dans les amplis. Karl Lagerfeld y donna un bal qui fit scandale pour avoir tourné à la soirée sadomasochiste. Nous n'étions pas invités. La municipalité communiste sortit de ses gonds. Le matérialisme dialectique ne pouvait rien contre les « sapeurs ». En ouvrant le Palace, Fabrice Emaer fut bien plus efficace : la Main bleue mit la clé sous la porte.

Bonnie Tyler avait la voix de Rod Stewart. Nous n'avions pas compris que Plastic Bertrand n'était pas un vrai punk (plus tard, nous découvrîmes que le Belge ahuri ne chantait pas lui-même). Amanda Lear nous semblait avoir un physique bizarre. Patti Smith se produisait aux abattoirs de Pantin. Nous décidâmes aussitôt d'acheter *Horses*. Nous avions envie d'obéir à France Gall quand elle disait : « Viens, je t'emmène. »

C'était notre Paris enfui. Aux Champs-Élysées, *Emmanuelle* n'abandonnait pas l'affiche. La Rive droite était impossible. Les boîtes des bouquinistes empêchaient la Seine de déborder. Fouiner chez Gibert Joseph permettait de dénicher les nouveautés en services de presse que les journalistes avaient revendues après avoir arraché la page de garde (certains oubliaient ce geste pourtant indispensable). Le drugstore Saint-Germain abritait une épicerie ouverte jusqu'à minuit. Au sous-sol, il y avait une librairie bien pratique pour les insomniaques. La Hune se trouvait en face, avec son étage dévolu aux livres d'art. On disait que le Flore était un repaire d'homosexuels.

Le Saint-André-des-Arts projetait *La Salamandre*. Dehors, des faux hippies récitaient leur mantra : « T'as pas cent balles ? » Nous espérions croiser Jean-Louis Bory qui habitait dans le quartier. Ça n'est jamais arrivé. Rue du Cherche-Midi, un caviste nous avait juré que certains négociants bordelais faisaient vieillir leurs bouteilles en leur offrant une brève croisière en mer. Il ne s'agissait sans doute pas d'une légende. L'œnologie n'était pas notre truc. Nous buvions n'importe quoi. Les mélanges ne nous effrayaient pas. Muscadet, gros-plant, où était la différence ? Nous pensions que le sauvignon était du vin rouge, c'est dire.

Tout allait de travers. Ma maîtrise de lettres était au point mort. J'avais à peine rédigé un chapitre de mon mémoire. Le service militaire approchait dangereusement. Les trois jours avaient suffi pour m'offrir un aperçu assez exact de ce qui nous guettait pour la suite. Non merci. Je m'étais perdu depuis des mois. L'imposture éclaterait aux yeux de tous. Je me prétendais amateur, dilettante. Un fumiste, un paresseux, voilà ce que j'étais, oui. Comment allais-je m'en sortir ? Le destin répondit à ma place.

Telle fut notre jeunesse, idiote, dissipée, inoubliable.

Cela nous pendait au nez. Nous jouions avec le feu. Nous sortions beaucoup trop. Nous sortions tout le temps. Le soir tombait et nous sortions. Une discothèque était à proximité : nous y allions. Les salles de restaurant succédaient aux terrasses de café. Les boîtes de nuit servaient d'antichambres aux appartements de filles à papa.

Un dieu malin décida de donner un coup d'arrêt à ces fantaisies. On peut trouver qu'il n'y alla pas de main morte. La vie filait comme un bas. Le premier accroc faillit me la coûter.

L'histoire commence donc un week-end de 14-Juillet. Elle n'aura pour ainsi dire pas de fin. Je suis encore en plein dedans.

Ce livre sentira le cimetière et l'agonie. Il est rempli de fantômes.

La 204 a plongé dans le vide. Le bras gauche est cassé. La jambe, on n'en parle même pas. De la bouillie. Le côté droit, lui, est à peu près intact. Le corps a dû se fracasser contre quelque chose. Je ne suis qu'un morceau de viande.

Et Olivier ? Où est-il ? Je m'évanouis à nouveau. Merde alors.

H.S. Je n'y suis plus pour personne. Happé par une lame de fond épaisse et laiteuse, je flotte dans un nuage médicamenteux. On me transporte de lit en lit. Le plafond change. Je nage entre deux eaux. Les journées se déroulent dans un air épais. Tout est opaque, cotonneux. Je me vois sans me voir. Par instants, le point se fait, comme si un projectionniste négligent se décidait enfin à régler son appareil. Cela ne dure pas. Puis la blancheur se dissout. J'ai l'impression de passer mon temps à dormir.

Je suis humain, fragile et en colère. Les limbes doivent être comme ça. Personne ne m'a fourni le moindre renseignement sur mon état. Franchement, le service laisse à désirer. Le patient n'est pas roi.

Je ne sors pas de mon corps. Je ne me rappelle pas

m'être contemplé d'un point de vue divin. Je suis englué dans le matelas. Une ventouse me colle aux draps. Un battement de cils représente un exploit. Je suis fatigué. C'est fou ce que je peux être fatigué.

Qu'est-ce qui m'arrive ? Je ne décide plus de rien. Je suis une sorte de paquet qu'on déplace au gré des diagnostics. L'ensemble est assez flou. La torpeur s'installe.

Naïvement, j'estime pouvoir être rétabli en automne. Je me fourre le doigt dans l'œil. J'entame une captivité sans fin.

L'état des lieux n'est pas optimiste. Je suis en mille morceaux. Le convalescent que je suis ne mesure pas le parcours du combattant qui se prépare. Plus tard, j'allais comprendre l'affreuse chose qui m'était arrivée.

Il fait nuit à l'aéroport de Gérone. L'ambulance se gare au pied de la passerelle. Depuis mon brancard, le Tarmac me paraît immense. Là-haut, les étoiles veillent au grain. J'ai la sensation que tout cela arrive à quelqu'un d'autre. Je me retrouve dans un mauvais film. Je flotte. La civière se transforme en tapis volant. Des projecteurs géants éclairent la piste. Le bruit des réacteurs vibre tout autour. La lumière est aveuglante. Je cligne des yeux. Ma vision périphérique s'obscurcit. Je suis toujours hagard. On m'a enveloppé dans une sorte de sac de couchage qui se solidifie pour éviter les chocs. Une coquille d'huître me protège. Mes bras sont coincés. Je peux juste remuer la tête. Elle ne doit pas être belle à voir. Comment vais-je faire pour pisser ? La montée de la passerelle se déroule sans heurt. J'ai mal au cœur. Mes parents sont là, dans l'habitacle. L'anxiété dévore leurs traits. Je n'entends que du silence. Ils ont décidé de me rapatrier à l'hôpital Raymond-Poincaré de Garches. Le professeur Judet, paraît-il, y fait des miracles. Les types d'Europ Assistance s'agitent. Leurs gestes sont ceux de professionnels. Ils ont l'habitude. L'appareil survole la France. Direction Orly. Quel cirque ! Par le hublot, mon innocence se fait la malle.

La première nuit à Garches tourne au cauchemar. Elle fut brève. J'ai le ventre en feu. Mes hanches jouent à se rapprocher de mes entrailles. Une douleur sans nom me broie de l'intérieur. Oubliée la jambe. Qu'on fasse quelque chose, par pitié. Je me tords dans le lit. L'interne de garde semble dépassé par les événements. On transporte un appareil de radiologie dans la chambre. L'examen ne donne rien. L'engin n'est pas assez précis. Il faut attendre le matin, l'ouverture du véritable service, pour avoir des résultats concrets. Branle-bas de combat. En gros, le diaphragme s'est déchiré et l'intestin remonte en m'écrasant les poumons. On m'expédie en urgence à Ambroise-Paré de Boulogne-Billancourt. En sortant de l'ambulance, je demande au brancardier de me gratter le nez. Il refuse. Il l'ignore, mais il devient le type que j'ai le plus détesté dans ma vie. « Il faut s'habituer. » Cette phrase, je l'entendrai souvent. S'habituer à quoi, bande de cons ? À la souffrance ? À l'injustice ? À la connerie ?

Je reviens à moi dans une salle de réveil. Ma vision était constellée de taches capricieuses. Des rideaux isolaient les lits. J'ai la bouche sèche, comme si je venais de prendre une cuite terrible. Le plafond était bas. Du moins, c'est l'impression que cela me faisait. J'étais dans *L'Écume des jours*, avec le sentiment que les dimensions rétrécissaient. Les murs s'aimantaient insensiblement. L'éclairage est trop fort. Je suis ailleurs, ébloui par les gaz fluorescents des tubes au néon. Autour de moi, des gémissements résonnent. La souffrance hurle ou supplie. Je suis entouré de chairs meurtries, bercé de râles psalmodiés et d'appels au secours, entortillé dans un réseau d'angoisses muettes. Toutes ces solitudes étalées. Jamais l'expression « revenir à la vie » n'a été aussi inexacte. Je ne me reconnais pas. Un sorcier malin a juré de me métamorphoser. En quoi ? Il y a un va-et-vient de « soignants », mot qui n'avait pas envahi le langage courant. Les choses ont l'air de se produire sous l'eau. Des voix s'adressent à moi. On me glisse un oreiller sous la nuque. On me parle comme à un enfant. J'en suis un, dans le fond. Un enfant malheureux, perdu, affolé. J'acquiesce à tout. Je peux me le permettre : je n'ai rien compris. Je m'en fous, d'ailleurs.

Je ne veux rien savoir. Le patient a bien le droit de se ficher de son état. Inutile de m'abreuver de vos détails. Si je pouvais, je me boucherais les oreilles. Continuez, activez-vous, mais ne me mêlez pas à vos salamalecs, svp. Autour, il y a des machines compliquées. Je suis le capitaine Nemo dans le *Nautilus*. Il ne s'agit pas de frayeur, plutôt d'une immense sensation d'à quoi bon.

J'aperçois des corps allongés. Apparemment, les gens qui sont là ne sont pas tirés d'affaire. Une nuit, je vois un lit disparaître avec son occupant inanimé. Des brancardiers le poussent avec le plus de discrétion possible. Dessus, il y a un cadavre. La mort devient une compagne familière. Au point où j'en suis, même la mienne ne me scandaliserait pas. Une aide-soignante veille à me nourrir. Il faut manger. Je n'ai toujours pas faim. Elle est douce, accommodante. J'essaie de lui expliquer que je n'ai jamais pu avaler une cuillerée de riz au lait.

On me remonte du bloc. Le décor m'apparaît soudain en sépia. Me voilà le héros d'un film des années trente. Allongé sur le dos, les gens émergent en contre-plongée, comme dans *Citizen Kane*. Le retour à la conscience s'effectue dans les affres. À chaque fois, j'ai l'impression que quelqu'un essaie de m'étouffer. Les anesthésies générales commencent par une douceur irréelle. Elles s'achèvent dans une atmosphère de supplice. Le rythme cardiaque s'accélère. Un vertige me saisit. Je suffoque. C'est comme si un agresseur me maintenait le visage sous la surface d'un lac, me laissant reprendre mon souffle au dernier moment, avant de me replonger sous l'eau. Le manège dure des heures. J'ai l'impression d'avoir avalé une serpillière mouillée. Je crois que je n'en sortirai pas. La douleur bombe le torse. Elle se croit chez elle. J'appréhende ces séances. Elles sont précédées d'un trajet dans un dédale aux murs jaunis, rempli de tuyaux qui se tordent comme des serpents. Les portes des ascenseurs se referment avec un claquement de mâchoires. Je roule sur le brancard comme un condamné dans le couloir de la mort. Mon sang se glace. L'oubli m'ouvre les bras. Il me faut un temps pour m'extraire de ce magma chimique. Des produits sophistiqués me baignent tout l'organisme. Ils agissent avec une puissance insoupçonnée. Le rythme intime en est tout bouleversé. La sueur trempe mes draps. Les volumes s'épaississent. La vie ralentit. L'inaction m'envahit. La respiration se mérite. Je reviens de la fosse aux lions. Plus jamais ça.

Tu parles. Il y aura dix-huit anesthésies générales.

Ce traitement de choc m'épuise. La science ne sait plus où donner de la tête. Les dégâts sont trop importants. J'ai perdu mon invulnérabilité. Je ne rêve plus. Les médicaments m'assomment. Mes lèvres sont si desséchées que je doute presque que ce soient les miennes. Je suis un lamantin dans son aquarium.

La médecine avait fait des progrès. Quand, enfant, j'avais été opéré des amygdales, le docteur m'avait collé, pour m'endormir, un masque sur le nez en me disant : « Respire fort, tu verras Mickey. » J'avais obéi et sombré dans le noir. J'attends toujours la souris de Walt Disney. L'anesthésie moderne avait quelque chose de plus technique, de radical. Je n'ai jamais eu peur de ne pas me réveiller.

Le quotidien m'échappe. Je suis un poids mort. Les heures fondent une à une. Elles sont jumelles. Mes pensées s'embourbent dans le désert des jours. L'insomnie me regarde en face. Les nuits s'écoulent dans une succession de rêves et de cauchemars dont je ne maîtrise aucun épisode. Je baigne dans un brouhaha de médicaments. Tout s'abolit. Tout est chaud et blanc, vide. Je sens mon passé agoniser en moi. Un flacon de goutte-à-goutte pend au bout de sa potence. L'idée ne m'effleure pas que je vais rester à l'horizontale pendant des mois. Il vaut mieux, dans un sens. Sinon, la carcasse se serait complètement effondrée, comme ces banquises qu'on voit se fendiller avant d'être englouties par les flots polaires.

Un drain me sort du flanc gauche. Première fois que j'entends ce mot. Mon vocabulaire s'enrichit. Le gros tube de plastique est chargé d'éliminer par aspiration tout un tas d'impuretés qui grouillent à l'intérieur de mon ventre. Debout, je ressemblerais à une pompe à essence sur une toile d'Edward Hopper. Les résidus atterrissent en crachotant dans un récipient posé à même le sol et qui se remplit d'humeurs. On me purge de je ne sais quelles saletés. Je suis un coffre à bactéries. Un mauvais jeu de mots me trotte dans la tête : « Le dernier drain de Gun Hill ». Une chaleur moite me colle au matelas. Les nuits sont bousculées, fragmentaires. Je me réveille dans un état vaseux. La fièvre ne retombe pas.

De mon lit, je vois un morceau de ciel, des bouts de branches. Je ne sais absolument pas où je me trouve. Derrière la vitre se débattent une vie inconnue, un remous d'étrangers. Cette agitation ne me manque pas. Pour moi, les fenêtres donnent toujours sur le passé.

On me ramène à Garches. C'est le matin. L'ambulance glisse dans les allées bordées d'arbres. Je découvre les bâtiments de brique, typiques de l'architecture hospitalière. Des patients en fauteuil roulant se promènent entre les carrés de pelouse. Ils ont mon âge. Je les plains. Comment pourrais-je me comparer à eux ? Je les vois pousser sur les roues avec une énergie d'athlète. Ils s'y prennent comme des chefs. Je ne me figurais pas une seconde appartenir bientôt à cette humble cohorte. Ils étaient à l'hôpital depuis des mois, des années, comme s'ils étaient venus s'y perdre, s'y oublier. L'ambulance stoppe devant un pavillon. Terminus Garches. C'est le refuge des accidentés. Ici, on rafistole les corps déglingués. Derrière ces murs, on souffre et on meurt. Rompez.

Mes parents avaient choisi Garches. Il y avait une raison. Ils pensaient que le fameux professeur Judet y exerçait encore. C'était une erreur. Pour de sombres histoires fiscales, le gouvernement giscardien avait banni le chirurgien de l'Assistance publique. Il délivrait désormais ses talents dans une clinique privée du XVIe arrondissement. Mais bon, Garches donc.

Dehors, la vie continue. Elle fait ça très bien sans moi. Comment les autres osent-ils m'ignorer à ce point ? Hé, je suis là ! Vous devriez cesser toutes vos activités. Ce serait la moindre des choses. Quand je sortirai, nous reprendrons cette conversation qui s'est interrompue sans crier gare au milieu d'une phrase.

Sonné comme le tocsin, je m'en veux. Je leur aurai bien bousillé les vacances. Je leur aurai même pourri l'année, au bout du compte. Comment se sont-ils débrouillés ? Mes parents ont dû rentrer en catastrophe avec moi. Il leur avait fallu réserver un avion sanitaire, trouver un hôpital, régler des formalités sans fin. Ils avaient laissé mes deux frères et ma sœur en Espagne. Le petit dernier avait dix ans. Qui s'était occupé d'eux ? Et la voiture, qui avait ramené leur voiture ? Il y avait aussi le bateau, amarré à sa bouée dans la crique. Mon père était seul à avoir le permis. La pagaille que j'ai semée, le poids que j'ai été pour eux, j'ai honte. Hébété comme je suis, je ne me pose pas toutes ces questions. Je ne suis plus capable de penser à quoi que ce soit. Sans eux, je n'ose pas envisager la suite des événements. Ils sont sortis de l'épreuve victorieux, la tête haute. Peut-être qu'à cause de moi, leur couple a tangué. À tous les coups, il y a eu des tensions, des malentendus. Ils n'en pouvaient plus. Ils faisaient comme si. Et moi, dans mon lit, à qui tout était dû. Des claques, oui. La vie, je la leur dois deux fois. Cela fait beaucoup. Je n'ai peut-être pas su leur exprimer toute ma reconnaissance. Je n'ai pas su, évidemment. Il est trop tard, maintenant. Les marques d'amour n'étaient pas mon fort. Je crains de ne pas avoir beaucoup évolué, dans ce domaine.

C'est le calme plat. Rien ne se passe. Les choses n'avancent pas. J'ai de la ferraille plein la jambe.

J'ai un mille-pattes sur le bras. La cicatrice compte une quinzaine de points de suture. Les fils de catgut ont l'air tout échevelés. Sous la chair, une plaque est fixée sur mon radius gauche. On a réparé l'os avec du métal. Il faudra l'enlever dans quelques mois. Ils appellent ça du « matériel ». Avec ça, je vais faire sonner tous les portiques électroniques de la Terre. J'ai l'impression d'être un Meccano dont je ne connaîtrais plus le mode d'emploi. Si on approche un aimant de ma jambe, elle va se déplacer brusquement. On me reconstruit morceau par morceau, comme Notre-Dame incendiée*.

Qu'est-ce que j'ai de cassé, encore ? Sous l'œil gauche, le zygomatique est esquinté. Il n'y a rien à faire. Il suffit d'attendre.

Ainsi glissaient les jours. Je me fondais dans un cocon finalement soyeux. Le présent avait toutes les excuses. Un bataillon de médecins s'acharnait sur ma personne. Mon corps hurlait. Il n'était plus le mien. À la longue, j'entretenais d'assez bons rapports avec la souffrance. Elle était la preuve que j'existais encore.

« Il va comment, ce matin ? »

Hé, je vous entends. Ne faites pas comme si je n'étais pas là. Je suis HS. Mais pas sourd. Vous pouvez même

---

* L'auteur ne s'emmerde pas : en 1978, la comparaison n'avait aucune raison d'être.

me tutoyer. Je ne me formaliserai pas. Mais là, « il », « il », « il ». Ce rituel m'horripile. Ils ne prennent même pas la peine de me tourner le dos. Je suis un misérable morceau de barbaque. On me manipule. On me découpe. On me recoud comme un rosbif. Je me laisse faire de bonne grâce. Pas assez d'énergie pour protester. Les internes hochent la tête. Cela feuillette des dossiers. La petite troupe s'en va comme elle est venue. Pas un bonjour, pas un au revoir. Plus tard, l'infirmière passera faire son compte rendu. Je l'écouterai à peine. « Vous savez quoi ? Il en a un peu marre. »

La vie enclenche le frein à main. Je suis en miettes. Le matériel se dégrade. L'enfance reparaît par bouffées. Il y a le judo (ceinture orange), la natation (cent mètres nage libre), le rugby (trois-quarts aile). Un peu de tennis (Lacoste et Spring Court). Il a les *Bob Morane*, les *SAS*, les *San Antonio*. Je réentends mon père les premières années au restaurant en Espagne baptisant « neumáticos » les calamars à la romaine parce qu'ils avaient la forme d'un pneu en miniature. Pourquoi l'expression me revient-elle soudain ? Dans la famille, on disait « un spécial » pour désigner un dessert. Ma mère réussissait les tartes aux fraises (elle piquait la pâte avec une fourchette avant de la glisser dans le four) et les gâteaux au chocolat. Des « spéciaux ». Ce vocabulaire demeurait hermétique aux étrangers. L'enfance, oui, est faite de ces mots de passe. Bientôt, ils ne voudraient plus rien dire. Plus personne ne les comprendrait.

Je repense à ce camarade rouquin en classe de cinquième qui faisait sans cesse craquer ses phalanges. Je cherche son nom. Balthazar, c'est cela, il s'appelait Balthazar. Il portait un pull orange. Il y avait aussi Amadieu qui savait dessiner, toujours un feutre à la main, et qui avait un demi-course violet avec des sacoches en cuir. Amadieu, Balthazar et compagnie, je les ai tous perdus de vue.

On me transporte d'un lit à un autre. Les plafonds sont mon horizon. Je dors sur le dos. Pas moyen de faire autrement. C'est un supplice.

Jusque-là, il ne m'était jamais rien arrivé. La réalité déboule de façon un peu brutale.

L'avantage : j'ai trop mal pour avoir peur.

La pluie se met à tomber avec violence. Je l'entends sans la voir. L'orage m'a assommé. De toute façon, je dors quinze heures par jour, siestes comprises.

Je n'en vois plus le bout. J'ai cessé de compter les jours. Au fond, il ne me déplairait pas de rester éternellement ainsi. Je me vautre dans l'apathie comme dans un édredon. Une sonnette me permet d'accéder à tous mes désirs. Tous ? Je suis le roi du monde. On me cache la vérité. On fait bien.

Par instants, je reçois un coup de fouet dans la cheville, comme si la douleur revenait en force. Elle refuse de se laisser oublier. Elle parcourt la jambe à la façon de décharges électriques. Il lui arrive de se faire plus sourde, insistante, tapie là, feignant de dormir. La cheville passe dans un hachoir. Sommeil trompeur : c'est celui de la bête dans la jungle. Le temps était une pente lisse et raide, glacée. Même les bruits étaient blancs.

J'ai du feu liquide dans les veines. Je devine le sang, les tissus et les os sous la peau. Je sombre dans une sorte de néant. C'est l'équivalent d'un fondu enchaîné au cinéma ou de ce tout petit point blanc qui finissait par être aspiré dans le noir sur les vieilles télévisions quand on les éteignait. Une dernière lueur, et puis plus rien. Des images circulent dans mon cerveau ramolli. Elles ont le caractère discontinu d'un rêve. C'était un mauvais rêve, trouble, incertain.

Je reviens à la surface. Au moins, je n'ai pas de minerve. Je me sens aplati. C'est peut-être à force de rester allongé. J'ai la sensation de m'immerger dans le matelas. Ce lit va m'absorber. L'écran du moniteur imite le jeu de Pac-Man. Une pince à linge en plastique me mord l'index. La douleur n'y va pas par quatre chemins. Elle monte à la vitesse d'un cheval au galop. C'est la marée au Mont-Saint-Michel. Sabre au clair. L'invasion s'effectue sans crier gare. Mon corps est la France en 1940. Le combat est par trop inégal. Personne ne m'avait préparé à ça. Je rends les armes. Voici l'exode de la dignité. Un squatteur indélicat occupe mon organisme en débâcle. La douleur vous essore comme un torchon trempé d'eau de Javel. Elle a quelque chose de moche, de trivial. Je dois être beau à voir, tiens. Ceux qui lui attribuent des vertus mentent. Son pouvoir de rédemption est proche de zéro. Il n'y a plus que le corps. Le reste figure aux abonnés absents. La souffrance a du talent. Je ne sais pas à quoi elle joue. Elle ne voudrait pas m'oublier un peu ?

Plusieurs fois par nuit, une infirmière blonde qui est le sosie de Claire Bretécher m'injecte de l'anticoagulant. Ce sont de toutes petites piqûres. On les sent à peine. Une aiguille s'enfonce dans ma fesse, de manière plus ou moins humiliante. J'hésite à lui demander son prénom. Je n'arrive pas à parler. Je secoue la tête. Au bout d'un certain temps, elle ne vient plus.

Voilà, je montre mon cul à la terre entière. On en est là. Bienvenue au pays de l'impudeur.

Je flotte. La pharmacie arrive à la rescousse. La douleur finit par s'avouer vaincue. Je n'y suis plus pour personne. C'est bien, la morphine.

Il y a les coups de mou, les baisses de tension. J'en ai assez. Cela ne finira donc jamais ? Dans le tiroir de la table de nuit, je garde soigneusement, un par un, les comprimés – était-ce du Palfium, à cause duquel Sagan bascula dans la toxicomanie ? – qu'on me fournit à des heures précises et que j'évite d'avaler. Je les prendrai tous d'un coup et hop, *adios* ! À chaque fois, je cède avant l'échéance et me jette goulûment sur ces cachets d'apaisement. Bye bye tout le monde ! Je suis une merde. Cette lâcheté. Je me déçois. La mollesse avec laquelle j'envisageais de me supprimer ne s'expliquait pas seulement par la pharmacie. Drieu se foutrait bien de moi. Je n'étais pas fait pour être romain. Pitié, qu'on ne disperse pas mes cendres sur le forum. Rien à foutre de ces postures à la Montherlant. Que quelqu'un me tire de là.

Sagan, oui. Elle tombe à pic, celle-là. Entre deux songes, j'essaie de me rappeler le début de *Bonjour tristesse*. Elle avait eu un accident au volant de son Aston Martin dans les environs de Milly-la-Forêt. Bernard Frank était à l'arrière. La légende veut qu'il n'ait pas lâché le verre de whisky qu'il tenait à la main. La décapotable avait fait plusieurs tonneaux. Elle gisait à l'envers dans un champ. À bord, il y avait aussi son frère Jacques Quoirez, qui fit rêver ma génération à cause de son emploi qui consistait à tester les filles de Madame Claude avant qu'elles soient engagées – et le journaliste Voldemar Lestienne dont j'avais lu sans émoi *L'Amant de poche*, prix Interallié. Ils eurent la chance d'être éjectés. Sagan, elle, était restée coincée sous la carcasse métallique.

Était-ce ce même modèle avec lequel Roger Nimier percuta un pilier sur l'autoroute de l'Ouest ? Ces anglaises ne tenaient pas la route. Il est cependant permis d'en dire autant des allemandes puisque Jean-René Huguenin conduisait une Mercedes qui alla percuter un autre véhicule sur la nationale du côté de Rambouillet. Voilà ce que c'est, d'appuyer sur le champignon. Et Camus, ne pas négliger Camus : la Facel Vega de Michel Gallimard s'écrasa contre un platane. Le Nobel en imper mastic occupait la place du mort. La bien nommée.

Je me récite cette longue litanie de vaincus. Je n'ai pas l'indécence d'y ajouter mon nom. Il aurait d'abord fallu que j'écrive un livre. En plus, les bagnoles ne nous intéressaient pas tant que ça. La Peugeot n'était pas un bolide. Assez de romantisme à la con.

Constat : salement amoché. Dans quelques semaines, il n'y paraîtra plus. C'est ce que je me dis. On est loin du compte. Mon corps est griffonné de cicatrices comme une page pleine de ratures. Les effleurer procure un frisson désagréable. Je resterai un brouillon de chair. Il y aura des séquelles. Le mot sent son sanatorium, l'éternelle convalescence. Vingt ans et des poussières. Ces dernières risquent de bientôt me recouvrir. Je ne peux plus me voir.

Je me prenais pour un blessé de guerre. Une fois, je dis au médecin que j'avais sauté sur une mine oubliée de la guerre d'Espagne. Son sourire indécis me persuade qu'il n'a pas compris que je plaisantais.

Les chirurgiens : leurs gestes étaient rapides, précis, anonymes. La routine, quoi. Il fallait laisser à la plaie le temps de cicatriser. Au fond, l'os était d'une blancheur parfaite, irréelle. Le processus s'éternisait. Une greffe s'imposa. La science avait de la ressource. J'étais mon propre sujet d'observation. Les progrès étaient assez lents. Le trou ne diminuait pas.

Mon corps ressemble à un chantier en pleins travaux. On dirait Paris sous Hidalgo*. Passer de brancard en billard constitue une expédition.

---

* Ici, l'auteur triche : cette comparaison est proprement anachronique et il n'a même pas l'excuse du pentothal.

La vie n'avance plus. Je m'enlise dans un éternel présent. Réveil, toilette, soins, plateaux-repas, visites, télévision – routine, le mot est faible. Pour la monotonie, je ne crains personne. Je me love dans une rassurante félicité domestique. Les pansements sous anesthésie générale constituent presque de divines surprises. Les jours se chevauchent. Il n'y a rien de neuf. La douleur se fait sereine, familière. Elle sera ma compagne la plus fidèle. J'aimerais dire que je n'y prêtais plus attention. Ça ne serait pas tout à fait exact. Je me fossilise en position allongée. Mon organisme craque comme une banquise. Un arceau en plastique empêche le drap de toucher le bout du pied. Par instants, un orteil effleure le tissu : le contact est insupportable. Il paraît que les victimes de la goutte éprouvent la même sensation.

Je rêve de dormir sur le ventre, de mettre un pyjama. J'ai l'air de quoi, dans cette blouse de l'Assistance publique ? Mon souhait le plus cher est de prendre une douche. Ça n'est pas pour demain. Il va falloir du temps. Il en faudra beaucoup.

Je m'encroûte. Cette paralysie n'est pas si désagréable. Je suis redevenu un bébé. On me dorlote. C'est tout juste si on ne me change pas mes couches.

L'hôpital était très grand, très vide, très anonyme.

Des gens mouraient, en silence ou dans des râles gutturaux, un dernier hoquet, un soupir à peine audible.

Les battants des portes se ferment avec lenteur. Les patients sont immobiles et transparents.

Les heures piétinent. Elles sont bien les seules. Je ne suis pas près de galoper.

Garches, en plus. La banlieue ne m'a jamais réussi. Franchir le périphérique représentait déjà un exploit. Me voilà bien, coincé dans ce bâtiment dont je ne connais à peu près rien. On y respire un air différent. L'oxygène est plus rare.

La jambe me toise. C'est comme si elle avait une existence à part. Il y avait le corps, et à côté cette zone étrangère qui avait pris son indépendance, comme une colonie qui se serait affranchie de la métropole et se serait retrouvée à feu et à sang. J'avais mal. J'avais froid. La nuit m'engloutissait.

Des semaines se passent. Ma pensée s'égare. Je suis gavé de calmants. Tout se bouscule dans ma tête. La peur rôde. C'est une curieuse panique molle. Le claquement des portes métalliques quand l'ascenseur démarre, les murmures des infirmières qui prennent la tension, le chuintement des semelles en caoutchouc dans le couloir, je finis par connaître la provenance de tous les bruits. La garde de nuit effectue ses rondes. Elle vérifie le goutte-à-goutte, munie d'une lampe de poche. Vous pouvez allumer, vous savez, je ne dors pas. Le matin, le café au lait a des allures d'eau de vaisselle. Le bol a débordé sur le plateau. À côté, les biscottes font la tête. Elles se cassent quand on les tartine. La journée commence mal. Mon corps est un champ de ruines.

Le chirurgien ne se montre guère. Quand cela arrive, il déboule suivi de son cortège. Le ballet est réglé. Il consulte la feuille de soins accrochée au bout du lit. On se penche sur moi. Je joue les cobayes. Ma jambe constitue le clou du spectacle. Elle n'est pas belle à voir. Le carnage saute aux yeux. Les dégâts sont importants. Les pansements se succèdent. Il s'agit de rafistoler mon corps. L'âme, on s'en occupera plus tard. Chaque chose en son temps.

Bientôt, toujours bientôt. Personne ne se risque à me fournir de délais précis. Les mains s'agitent. Les regards se perdent dans le vague. Le monde se conjugue au futur. L'échéance est sans cesse repoussée. J'en fais mon deuil. L'avenir, n'empêche, était mal parti.

J'avais embarqué pour un long voyage dont je n'avais pas choisi les coéquipiers. La morphine faisait son office. L'enfer était ouaté, climatisé. Je dépendais des autres pour le moindre détail de la vie quotidienne. C'était tuant. Mon cerveau était victime de courts-circuits. Je mélange les gens et les jours. J'ai des excuses : je n'étais pas au mieux de ma forme. Un magma purulent. Déjà qu'en temps normal je ne tenais pas de journal, ça n'était pas dans des circonstances pareilles que j'allais commencer à répertorier mes faits et gestes. Et le Goncourt est décerné à… *Journal d'un immobile* d'Éric Neuhoff. Mais oui, mais oui.

Était-ce François Nourissier ou Armand Lanoux qui annonçait le résultat au bas des escaliers, chez Drouant, dans un brouhaha impatient, au milieu du crépitement des flashes ? La nouvelle avait droit à l'ouverture du « Journal de 13 heures ». Je crois que ça n'est plus le cas.

L'été continue sans moi. Les copains sont en train de bronzer. Ils sont sur la Costa Brava, à Collioure, à Saint-Jean-de-Luz. Si j'avais su, je serais allé à Pampelune début juillet. Allons, dégage, Ernest, *please*. Je vois des dames en bleu, des docteurs avec un stéthoscope autour du cou. Ne vous dérangez pas pour moi.

Le chirurgien a trouvé la solution : il suffit de bloquer la cheville.

– On vit très bien avec une cheville bloquée, dit-il à mes parents qu'il a convoqués dans son bureau.

La réponse de mon père fuse :

– Et on vit très bien aussi avec la mâchoire broyée !
Bobine du toubib. Mon père était fait d'un matériau assez inflammable. Souvent, je regrette de ne pas avoir hérité de ce tempérament.

Un matin, un garçon en fauteuil roulant entre dans la chambre. Il sourit. Je lui demande depuis combien de temps il est là. Réponse : six mois. Dans mon for intérieur, je le plains. Je ne mangerai pas de ce pain-là, moi. Je n'allais pas tarder à déguerpir. En quoi je me fourrais le doigt dans l'œil. Il a dû me dire son prénom. Il est là comme chez lui. Son fauteuil a fait demi-tour. Je ne l'ai plus revu. Du reste, on m'avait changé de chambre.

Ils étaient plusieurs, comme lui, dans cet hôpital, là depuis des siècles. Je les imaginais restant jusqu'à la fin de leurs jours, recouverts de gaze et d'ennui. Je n'étais pas des leurs. Je me tirerai de cet enfer en quatrième vitesse. C'est cela, oui (prendre la voix de Thierry Lhermitte dans *Le père Noël est une ordure*).

Il est question de réopérer. Ils n'arrivent pas à juguler l'infection. Visiblement, le traitement ne marche pas. Qu'est-ce qu'ils ont foutu ? La greffe prenait mal. Le trou ne se refermait pas. Les professeurs se penchent sur la plaie avec des mines dubitatives. Leurs visages sont des masques d'étonnement inquiet. L'un d'eux appuie sur la chair. Une goutte de pus apparaît. C'est le signe qu'ils attendaient. S'agit-il d'un début de gangrène ? Je suis en pleine décomposition. Je pourris de l'intérieur. Ils chuchotent entre eux, font comme si je n'étais pas là. Je commence à avoir l'habitude. Je détaille leurs profils anxieux, les observe se livrant à un conciliabule qui ne m'est pas destiné. Une date est fixée.

Le lendemain, un groupe d'aides-soignantes débarque dans ma chambre presque en cachette. Elles me tendent une liste. Sur la feuille figurent les établissements où je serai mieux traité qu'ici. Je ne les remercierai jamais assez. Ces trois ou quatre femmes, je leur dois une sacrée chandelle. Quand même, elles risquaient leur job. Ils voulaient m'amputer. Je suis sûr qu'ils avaient décidé de m'amputer. Sinon, elles n'auraient pas agi ainsi. Je ne sais pas comment elles s'appelaient. Elles sont l'honneur de l'Assistance publique.

J'appelle mes parents. Cela ne traîne pas. L'intervention est annulée. Les médecins font semblant de ne pas comprendre. Bye bye Garches. Direction Jouvenet.

On me transfère là-bas un dimanche après-midi. Ce calme. C'est une autre ambiance. La clinique vient de rouvrir ses portes. Je serai sans doute le premier à descendre au bloc. Dans la chambre, la radio diffuse le dernier Higelin, *Pars*. Le soir, à la télévision, il y a *Duel dans le Pacifique*. Depuis, je n'ai pas revu le film de Boorman. Pour moi, il marque une date, le 1er septembre 1978. Moi aussi, je suis isolé sur une île au milieu de nulle part, me demandant quand la guerre se terminera.

Je n'ai pas peur. Trop K.-O. pour ça. Que peut-il m'arriver ? Judet est là, à la manœuvre. La suite dépendait de lui. Je déposais mon avenir – ne parlons pas de salut, svp – entre ses mains.

Heureusement qu'ils étaient là. Ce fut à cette occasion que je m'aperçus que j'aimais mes parents pour de bon. La chose était réciproque. Leur amour à eux était là, tangible, quotidien, efficace. C'est une dette que j'ai eu du mal à leur rembourser. Je ne suis pas sûr d'y être parvenu.

La carcasse se remet en ordre. Cela ne se produit pas en un jour. Je pense à ce titre, *Progrès en amour assez lents*. Encore un livre que je n'ai pas lu. De qui est-ce, déjà ? Je mélange un peu avec *Glissements progressifs du plaisir*, le film d'Alain Robbe-Grillet que j'ai évité, malgré la présence d'Anicée Alvina au générique. Il y avait aussi Olga Georges-Picot. Elles sont mortes toutes les deux. Cancer et suicide. Et moi, je suis toujours là, comme un con. J'avais goûté à la bière et aux filles. Cela m'avait fourni un bref aperçu de la liberté. J'avais enfin fait en personne ces choses dont je savais par ouï-dire que d'autres hommes les faisaient. J'avais savouré mes premières gueules de bois, apprécié mes braves exploits à l'horizontale.

J'imagine une nouvelle façon de penser à mon corps. Auparavant, il n'existait pas. La machine se contentait d'aller de soi. Elle s'est métamorphosée en ennemie. C'est même devenu une traîtresse. Je ne peux plus lui faire confiance. Une cinquième colonne m'habite. J'ai connu une drôle d'Occupation. Le rôle des résistants est tenu par les médicaments.

Je traversais la vie comme une rue. La donne avait changé. Chaque geste réclame désormais un effort. Encombré de moi-même, je dois réfléchir avant de bouger, comme un joueur d'échecs qui se demande où il va poser son pion.

Mon organisme prend toute la place. La douleur tape comme un forgeron. Elle envahit tous les instants. Prévisible, monotone, c'est une grosse paresseuse. J'aimerais un peu d'inédit, éprouver des sensations différentes.

Les infirmières défilent. Elles sont plus vivantes que moi. Elles secouent le thermomètre comme on éteint une allumette. J'admire leur solide énergie. Les internes parlent de moi à la troisième personne, avec un stéthoscope qui leur pend sur la poitrine, mince couleuvre de plastique noir. Ils ignorent ma présence. On me palpe. On m'examine. On vérifie ma tension. Je n'ose pas poser de questions. Ils tournent les talons, passent à autre chose, au revoir et merci. Qu'on me laisse dormir, bon Dieu de merde.

Il n'était pas question de « soignants ». Le langage n'avait pas revêtu sa tenue d'énarque. Quand ils étaient malades, les gens allaient chez le toubib. On l'appelait « Docteur ». Les mères de famille lui confiaient leur progéniture. On n'en changeait jamais. Enfants, nous allions chez une dame qui habitait du côté des Gobelins. Elle s'appelait Jolivet. Ma mère ne l'évoquait qu'avec des tremblements d'admiration. Le dentiste, c'était dans le XVIe. Je me souviens encore de son nom : Duchon. Pour aller à son cabinet, l'autobus passait devant l'immeuble où avait habité Brigitte Bardot, avenue Paul-Doumer.

Le bas de la jambe est fracassé. Un forcené a tambouriné dessus à coups de marteau. Je ne saurai jamais au juste ce qui a provoqué les dégâts. Le pare-brise ? La chute sur le sol certainement rocailleux ? Le membre est salement amoché. Des bandes Velpeau masquent le sinistre. Heureusement que je ne peux pas mesurer l'étendue du désastre. Je suis couturé de partout. Le bras, la jambe, le ventre : Frankenstein, nous voilà ! J'ai l'impression d'être en pièces détachées.

Avant de revenir dans la chambre, une halte s'effectue en salle de réveil. C'est un univers de chocs sonores. Râles des agonisants, bruits métalliques, chuchotements du personnel ; ce brouhaha me berce. Des voix estompées s'approchent. Que disent-elles ? La conscience se dérobe. Des courants vagues me traversent. Ils se croient tout permis. Faites comme chez vous. Cet état second s'éternise. Et si je n'y étais plus pour personne ? On en finirait. On n'en parlerait plus, hein !

Je n'arrive pas à dormir, les yeux ouverts dans le noir. Il fallait traverser la nuit. C'était un océan. La douleur rendait tout lointain, le bruit des semelles en caoutchouc, le tintement des chariots métalliques. Le soir, les calmants sont d'une efficacité relative.

Dans ma tête, je me récite la liste des groupes pop français. Il y a Triangle, Martin Circus, Les Variations, Magma. Bijou ? Non, Bijou c'était de la triche : trop récent. Je les avais vus en concert rue Campagne-Première, la rue où meurt Belmondo à la fin d'*À bout de souffle* (aujourd'hui, plus que Godard, ce morceau de bitume m'évoque surtout le Duc, le restaurant de poissons à l'angle du boulevard Raspail : pas de quoi se vanter).

Le groupe était en retard. Dans le hall, un type bourré n'arrêtait pas de crier : « Bijou, bordel ! »

Je repensais aux trente-trois-tours « Rythm & Blues Formidable », aux pochettes multicolores, avec leurs lettres au design très « Las Vegas ». Pattes d'éph et coiffures afro. Où sont passés ces vinyles ?

Je me souvenais qu'Otis Redding s'était tué dans un accident d'avion. Le nom de Wilson Pickett me revenait en mémoire. Percy Sledge était de la partie. Qu'est-ce qu'il chantait, à part *When a Man Loves a Woman* ? Et Dionne Warwick, quel était son plus grand succès, déjà ? *Don't Make me Over* ou *Walk on By* ? En revanche, je serais bien en peine de citer un titre de Booker T. & the M.G.'s. Mon crâne est un juke-box.

Et soudain ces souvenirs étaient chassés par la publicité pour un désodorisant où le personnage disait à sa femme qui aspergeait le salon avec un spray : « Et maintenant ça va sentir la friture à la rose ! »

Tout, dans ce livre, semble irréel. Pourtant, tout est vrai. L'imagination me fait cruellement défaut. Pas la peine d'en rajouter. J'ai déjà assez de mal à me souvenir. Je ne vais pas me mettre à inventer.

Face à moi, fixé au mur, se détache un téléviseur aussi massif qu'un coffre-fort ou que le torse de Jean

Gabin. Il faut prendre un abonnement au mois. Mes parents se désolent que l'été les programmes soient d'une indigence coupable. Cela ne me gêne pas. J'allume le poste et je m'endors au bout de cinq minutes.

Et Olivier, hein ? Là-dessus, mes parents restaient évasifs. Il était dans un hôpital de Toulouse. Purpan ou Rangueil ? Leurs bras s'écartaient en signe d'ignorance. Rien ne me semblait suspect. Trop K.-O. pour m'interroger vraiment. L'optimisme reprenait le dessus. Bientôt, nous sortirions tous les deux. On verrait ce qu'on verrait. Nous ferions une fête à tout casser. Son mariage allait-il être repoussé ? Sans doute. Les choses n'étaient pas très claires. La situation évoluait au jour le jour, comme pour moi.

Après tout, cela était possible. L'univers avait basculé. Le soir tombait avec une douceur bleutée. Dehors, sans doute, la vie continuait. Les phares des autos éclairaient les passants. Le long du périphérique, des publicités lumineuses brillaient au sommet des immeubles. Les taxis étaient en maraude. Les enfants finissaient leurs devoirs. Les maris passaient chez le traiteur. Brève halte chez le fleuriste. Leurs épouses avaient dévalisé les boutiques. Des sacs de chez Sonia Rykiel patientaient dans les armoires. Les Parisiens se préparaient à la soirée comme des soldats s'armant pour une bataille.

La douleur envahit tous les instants. Mon corps prend toute la place. Je vogue vers les grands fonds. Je divague. Je dérive. Pourquoi mon père nous avait-il raconté alors que nous étions enfants que Gérard Philipe était mort parce qu'il mangeait trop de carottes râpées ? Je garde une vision très précise de cette anecdote. Il était debout dans la salle de bains rue de Bourgogne en train de se raser avec son rasoir électrique. Plus tard, je lui rappellerai cette histoire. Il tombera des nues. N'empêche, je suis sûr de n'avoir pas rêvé.

Tout est compliqué. Tout est un problème. Manger, pisser, dormir. La toilette constitue un parcours du combattant. Une douche ? Il ne faut pas y penser. Une aide-soignante me lave à l'aide d'un gant humide. Avec sa collègue, elles me retournent à moitié, me font glisser comme une crêpe hors de sa poêle. Elles s'activent, concentrées sur leur labeur mystérieux. Les jours et les nuits se confondent. Les dimanches ressemblent au reste de la semaine. Le temps s'étale comme un ruban. Je mesure l'éloignement des choses. La vie, la vraie vie, me semble un rêve inaccessible, un peu comme Paris lorsque j'habitais Cahors. Étendu sous les draps, je contemple tout ce que je suis en train de rater. Je revois cette nuit, entre Châteauroux et Orléans, où un poids lourd en train de doubler me fonçait dessus en sens inverse, pleins phares. D'un coup de volant, la 4L atterrit en rebondissant sur le bas-côté. Par chance, il n'y avait pas de fossé. À l'époque, une émission du soir s'intitulait « Les routiers sont sympas ». Bah voyons.

Je me sens vieux avant l'heure. Pourtant, je n'ai que vingt-deux ans. Je devrais être immortel. Au lieu de ça, je rêve d'une douche brûlante, d'un bain moussant qui durerait des heures. Il faudrait ça pour éliminer les miasmes. Je marine dans une odeur d'insomnie.

Il n'y a plus de lendemains. Les jours se chevauchent. Sous le drap, il reste de moins en moins de moi-même. Des tubes me sortent de partout. J'enterre mes illusions, vêtu d'une blouse qui s'attache dans le dos. J'aimerais que quelqu'un remonte mon oreiller.

Le monde se présente à moi à l'horizontale. L'époque a un double menton.

La tristesse est revenue. De drôles de pensées me traversent l'esprit. Elles ne font pas de vieux os. D'où sortent-elles ? Peut-être que je devrais me taire. Raconter tout cela ne sert pas à grand-chose. Il s'agit d'un voyage immobile. Il ne m'a pas mené bien loin. Je me souviens que l'expression « La caque sent toujours le hareng » a tourné en boucle dans ma tête. C'était comme des messages de Radio Londres. La caque sent toujours le hareng. Je répète : la caque sent toujours le hareng. Il y avait aussi cette formule de ma grand-mère : « des yeux de chat qui fait pipi dans la braise ». Qui dit ça ?

De là, je passais à l'habitude qu'elle avait de mettre un rond de verre dans la casserole pour que le lait ne déborde pas. Plus personne ne fait ça. Je revois sa cuisine avec ses bouteilles de Volvic qui n'étaient pas encore en plastique.

Je revois cette nuit où un ami de mon père m'avait emmené en voiture à Chartres, devant la cathédrale. Nous avions juste effectué l'aller-retour par l'autoroute. Jamais compris ce qu'il allait faire là-bas. C'était comme dans un roman de Modiano, que je n'avais pas encore lu adolescent. Et voici le sujet sur lequel j'étais tombé en philosophie au concours de Normale Sup : « Théorie et pratique ». Influencé par le style d'André Glucksmann dans *La Cuisinière et le mangeur d'hommes*, j'avais cru parfaitement malin d'écrire cette formule frappée : « La théorie, c'est mettre une grille sur le savoir. La pratique, c'est mettre le savoir sur le gril. » Résultat : 10 sur 20. Le reste de la copie ne devait pas être mirobolant.

Je songe – pourquoi ça ? – au Cheylard, ce village de l'Ardèche où ma mère enfant s'était réfugiée pendant l'Occupation. J'ignore comment cela s'écrit. Dans notre famille, on ne pose pas de questions. Résultat : mon arbre généalogique est plein de branches mortes. Avait-elle grandi avenue des Gobelins, dans ce vaste appartement qui me semblait un peu abandonné ? Dans une penderie, un masque à gaz était accroché à un clou. Cet objet m'intriguait. Il datait de 14-18. C'était étrange d'avoir conservé ce truc, après toutes ces années. Par la fenêtre, on apercevait sur le trottoir d'en face un traiteur italien dans la vitrine duquel se dressait une de ces bouteilles enveloppées de paille au col interminable. Moi aussi, j'avais eu ma guerre. J'avais sauté sur une mine. Les franquistes ne m'avaient pas raté.

Plus tard, ma mère fut bien fière d'apprendre que Claude Sautet habitait avenue des Gobelins. Il paraît que son numéro de téléphone figurait dans l'annuaire.

Mon père, lui, était resté à Paris pendant les hostilités. Il racontait que dans la cour de son immeuble, avenue Émile-Laurent, il ramassait des éclats d'obus au milieu des pelouses. Il disait « obus », pas « shrapnells ».

Privé de repères et de certitudes, je m'enlise dans ma préhistoire. À la récréation, on nous distribuait des bouteilles de lait. C'est tout ce qui reste de Mendès France. À l'infirmerie, on nous vaccinait avec le BCG. Que recouvraient ces initiales ? Cela se pratiquait avec une grosse plume Sergent-Major qui laissait une sorte de graphique sur l'épaule. Ma mère, elle, avait gardé sur le bras un rond bizarre, dû à une piqûre. On opérait les enfants des amygdales. Cette habitude a disparu. Après, il était conseillé de manger des glaces. Ce traitement nous plaisait bien. Le mot « polio » était prononcé avec une dose de terreur. J'étais perdu dans mes songeries et l'infirmière de garde venait prendre ma tension. Elle ignorait que j'arrivais d'une autre planète.

« Il paraît qu'hier on disait des bêtises. »

Je fais semblant de ne pas avoir entendu. L'infirmière me prend le pouls. La veille, j'avais dû laisser entendre que j'aurais préféré y rester, dans cet accident. J'en avais marre. Cessez de me triturer, de me déchirer. Aujourd'hui, cela va mieux. L'infirmière me tapote le bras avec un faible sourire. Toutes ces dames sont interchangeables. Mon état ne me permet pas de les différencier. Certaines me reprochent de trop dormir. Je voudrais bien les y voir. Qu'est-ce qu'il y a d'autre à faire ? Je n'ai plus de force. La douleur m'empêche de penser. Tout allait mal. On m'assure qu'il faut se battre. Contre quoi ? La lassitude gagne du terrain. La réalité se détache. Vous entrez dans un monde à part. L'horizon s'efface. Le futur n'a plus droit de cité. Je ne savais pas quel jour on était. Je ne me posais pas la question. Je ne parvenais pas à me révolter. C'était autre chose. J'étais ailleurs.

L'appétit a disparu. Plus rien n'a de goût. Une perfusion arrive à la rescousse. De combien d'aiguilles disposent-ils ? Je n'ai plus un centimètre carré de peau disponible. L'infirmière n'arrive plus à piquer correctement. Ils ont même essayé le dessus de la main. Les veines n'en peuvent plus. Elles sont mortes. Le filon est épuisé. Un vampire affamé m'a sucé jusqu'à la moelle. L'aiguille tâtonne. Je ne regarde pas, retiens mon souffle.

J'essaie de penser à autre chose : quelle fille j'inviterai à la sortie après tout cela, la première gorgée de champagne à laquelle j'aurai droit. L'effroi se dissipe dans l'anesthésique.

Je n'ai même pas la ressource qu'ont les condamnés de barrer le nombre de journées écoulées à la craie sur le mur. La routine vous engourdit et vous protège. Quelle bénédiction ! Des perfusions me ravitaillent. Des drains me purgent. Je suis un Beaubourg de chair et d'os.

Dehors palpite une ville désormais inconnue. Sans moi, elle déroule ses rues et ses trottoirs, ses façades et ses marchés. Paris est trop loin pour que je puisse encore en faire partie, avec ses femmes en bottes à talons et ses taxis qui ne s'arrêtent jamais quand on les hèle, ses cinémas permanents et ses brasseries qui ferment trop tôt – à moins de se rendre aux Halles quand le petit matin se décide à ouvrir les yeux et que le Pied de Cochon sert vaillamment de la soupe à l'oignon, une douzaine d'huîtres et du muscadet au verre. Ai-je rêvé tout cela ? Ces plaisirs me sont définitivement interdits. Vous déconnez, j'espère.

Enfin, mes parents m'annoncent sa mort. Ils ont préféré retarder l'échéance. Je crois qu'ils ont eu raison. Olivier a été tué sur le coup dans l'accident. Je ne pense pas que j'aurais tenu le choc en sachant cela dès le début. La consigne a été donnée autour de moi. Pas un mot. Le secret sera gardé un bon mois. La nouvelle m'expédie dans les cordes. Je suis groggy, sans voix. Je me sens merdeux. Je ne bronche pas. Olivier, putain. Je le revois sur cette photo où il pose avec des lunettes de soleil en train de lire le numéro d'*Égoïste* avec Mick Jagger en couverture. Notre rêve était d'écrire un jour dans cette revue. Les pages consacrées aux mondanités étaient baptisées « Actualités sociales ».

« Rouler à tombeau ouvert » : l'expression me saute au visage. En ce qui nous concerne, elle n'était pas exacte. Nous n'allions même pas vite. Nous nous enfoncions dans la nuit indécise. Olivier ne connaissait pas la route. Je lui indiquais la direction. La bagnole filait sous les constellations. Il y avait tous ces ronds-points, au milieu de villages à moitié endormis. Même les lampadaires avaient l'air de se reposer. Ils répandaient une lumière orangée, avec leur cou de cygne. La 204 était un cercueil de métal et nous ne le savions pas.

Un voile se soulève. Les langues se délient. Certains sont soulagés. Ils n'ont plus à garder ce silence trompeur. Évidemment, je n'aurais pas pu assister à son enterrement. Il a eu lieu du côté de Montauban, dans le fief de la famille. La cloche résonne dans la chaleur et le silence. Le deuil et l'incrédulité se lisent sur les visages. Les anges volent bas. Un chagrin rempli de stupeur baigne l'église.

Tous les bancs étaient pleins. Les visages se penchaient. J'ignore quels airs on a joués, les textes qui ont été choisis, quelles voix se sont élevées dans la nef pour noyer la peine. Olivier rageait de ne pas avoir eu l'idée d'enregistrer *Rockollection* de Voulzy. Je ne pense pas que la chanson a eu droit de cité ce jour-là. Dehors, le soleil écrasant contrastait avec la tristesse de l'assemblée. Mourir trop jeune ne s'accommode d'aucune saison, mais l'insolence de l'été rajoute à l'injustice et au scandale. Il y avait sûrement des larmes et de l'incompréhension. On m'a raconté que sa fiancée était en blanc derrière le cercueil. Ils devaient se marier en septembre. A-t-elle porté la robe prévue pour l'occasion ? L'image est assez belle.

De nous tous, j'étais sûr qu'il serait le premier à publier un livre.

Nous étions complices. Nous partagions des rires, avions des frénésies de lecture, la tête remplie d'espoirs fous. On avait toute la vie devant nous. Nous nous gourions dans les grandes largeurs. Nous riions de tout et de rien, prêts à bouffer l'avenir et Paris. Il nous appartenait, comme le prétendait le titre d'un film que nous n'avions pas vu. Tout cela était bien déraisonnable.

Le printemps que nous avions eu. C'était trop bien pour durer. Nous aurions pu nous en douter. Nous avions tiré sur la corde. En pleine nuit, nous revenions à trois sur la Vespa de Philippe. La police ne nous a jamais arrêtés. Nous faisions le plein à la station-service qui se trouve au sous-sol d'un parking, sur les Champs-Élysées.

Est-ce que cela allait continuer comme ça ? Drieu la Rochelle et son mémoire attendraient le mois de septembre. Un soleil insolent brillait sur les arrondissements. Les digicodes ne verrouillaient pas encore les portes cochères. Nous déboulions à l'improviste chez les uns et chez les autres. Les dîners s'organisaient à la dernière minute. Philippe versait le contenu d'un Cubitainer dans une bouteille de bordeaux classé. On n'y voyait que du feu. Il y en avait qui écoutaient Renaud. Je préférais Kate Bush. Dans une revue d'art, je découvre l'existence d'Andrew Wyeth. C'est la révélation. Je me jure d'utiliser plus tard *Christina's World* pour la couverture d'un de mes livres. Promesse tenue. Pour avoir un choc comparable, j'attendrai d'avoir la soixantaine et de tomber sur une exposition de Sorolla dans un musée de Dublin. C'est tout moi : découvrir ce peintre espagnol dans la capitale irlandaise (si ce livre est un best-seller, les droits d'auteur seront consacrés à acheter une toile de l'artiste andalou : que l'éditeur soit prévenu).

Évidemment, j'avais commencé un roman. Je ne me trouvais pas très en avance. Patrick Besson avait publié le sien à dix-huit ans à peine. Qu'est-ce que nous foutions ? Nous nous repassions *Les Rats* de Bernard Frank dans l'édition d'époque, un gros volume de chez Julliard. Ça, il ne fallait pas nous pousser beaucoup pour que nous nous prenions pour Bourrieu, Weil et Cie, les héros du livre.

La vie consisterait à boire du whisky, à donner des articles aux journaux, à jouer au poker, à saouler les filles. À peu de chose près, le programme fut respecté à la lettre. Hélas.

Parfois, j'imagine le pire. C'est moi qui conduis. Je m'en sors. Il n'en réchappe pas. Je ne suis pas certain que j'aurais pu cohabiter avec ça. Comment se remet-on d'un truc pareil ? Déjà que la situation n'est pas simple, inutile de se perdre en conjectures. Je me demande, non sans terreur, ce que j'ai fait pour survivre. Mes rêves de jeunesse ont mordu la poussière. Je n'aurai plus jamais vingt ans. Il est trop tard pour être vieux.

Dire qu'à Toulouse, durant toute une soirée, j'avais parié avec une fille qui était chartiste que je me suiciderais le jour de mes vingt ans. C'était pour dans un mois, en 1976. Je m'adressais à elle avec l'arrogance voulue, aidé en cela par le Ballantine's qui circulait généreusement. La patience qu'elle avait. Elle ne m'en a jamais reparlé. Il faut avouer qu'elle nous avait accompagnés à la feria de Pampelune, ce qui relativise la performance. Elle en avait vu d'autres.

Je la recroisai des siècles plus tard à Paris. Dans un restaurant de la Bastille, elle me confia qu'elle avait divorcé. Motif : sa mère avait couché avec son mari. Effectivement.

La mort, nous avions tellement joué avec cette idée, au creux de la nuit, quand les heures sont trop noires, à force de lire des livres qui en faisaient une chimère. Suicide, mon beau souci. Nous avions beaucoup trop jonglé avec cette notion. Encore de la comédie. Il n'y avait eu aucun passage à l'acte. Cela m'avait épargné les tentatives foireuses, les lavages d'estomac, les fines cicatrices à hauteur du poignet, la 22 Long Rifle chargée en vain. Les lectures n'y étaient pas pour rien. Pavese, Zweig, Rigaut, ces jouets ne m'amusaient plus. Ils n'étaient plus de saison. J'avais passé l'âge de japper comme un chiot autour de leurs lames de rasoir, des 6,35, des tubes de Gardénal. La tête dans le four, merci bien. Drieu nous hantait. Nous séduisaient surtout ses pardessus en tweed et ses liaisons avec des Christiane Renault.

Pourquoi m'étais-je embringué dans ce mémoire ? Je suis un gigantesque buvard. Ma cervelle est farcie des mots des autres. Ils dansent un pogo enflammé. Dans un déchaînement de syllabes, des citations sautent en l'air, les bras levés vers le plafond, réverbérées par la lumière stroboscopique. Rétropédalage. Cela suffisait. Au fond, cette incapacité provisoire tombait à pic. Je n'aurais jamais pu remettre le texte dans les temps. J'avais sauté directement de l'université à l'Assistance publique, m'étais épargné la case service militaire. La blouse blanche avait pris la place du treillis. Chambre 111, l'irresponsabilité régnait. Elle était totale. Je tirais un trait sur les corvées. Profession : invalide.

Désormais, je voulais être Patrick Dewaere dans *Plein sud* (surtout à cause de Clio Goldsmith). Il y avait aussi le Mastroianni de *La Dolce Vita* qui remontait la *via* Veneto en Triumph alors que tout le monde l'apostrophait par son prénom. Quant à Trintignant dans *Le Fanfaron*, je déclinais volontiers ce rôle.

La douleur devient une habitude (les correcteurs sont priés de ne pas écrire « hébétude »). Elle me fatigue, cette vieille maîtresse. Si elle pouvait changer de disque, un peu. Tu me fais chier, chère douleur. Tu n'es même pas douce.

Si je meurs, là, tout de suite, ce sera presque par lassitude. Je ferai de la peine à quelques personnes et j'aurai la satisfaction de ne pas laisser grand-chose derrière moi. Nulle fiancée en larmes, mes parents sur le flanc, mes frères et sœurs désemparés. Je joue à ce jeu idiot qui consiste à imaginer ses funérailles. Je vois cette vieille église de Valroufié (46) qui n'ouvre plus ses portes que pour les enterrements. Avec le recul, cette activité me semble indécente. Depuis, dans le cimetière du village, un caveau porte notre nom et y reposent déjà plusieurs membres de la famille. Normalement, à l'âge que j'ai en 2024, je suis le prochain sur la liste. Bizarrement, je ne me sens plus si pressé.

J'ai tâché de tenir parole. Il n'est pas si simple de rester fidèle à son adolescence. J'ai fini par publier un livre. Un des suivants lui était dédié. Je lui devais bien ça. Nous pensions qu'il serait normal de rééditer l'exploit de Sagan. Un roman, des centaines de milliers d'exemplaires vendus, des adaptations au cinéma, une existence faite de nuits blanches, d'alcool et de voitures rapides. Le miracle ne s'est pas produit. Les livres – je n'ose pas dire la littérature –, à part nous, tout le monde s'en foutait. Pour réussir, tu sais, il aurait fallu adhérer à SOS Racisme, collaborer à *Globe* ou faire son trou dans la publicité. En gros, tout cela revenait au même.

Pauvre Olivier, tu nous imagines derrière nos piles de volumes au cours de tristes dédicaces. Ça, tu aurais bien ri. Au moins, tu n'auras pas connu notre univers de banquiers d'affaires dont les seules lectures se résument aux cartes des restaurants étoilés. Tu serais devenu ministre, aventurier. Le choix était vaste. Tu aurais acheté un vignoble et sauté en parachute. À Paris, tu roulais dans une petite Austin brinquebalante d'un jaune canari déplumé, à la banquette arrière jonchée de papiers, de journaux. Tu avais suivi les cours de Sciences Po comme notre éternel Drieu. Ta mèche rebelle te retombait sans cesse sur le front. Tu la remettais en place avec les doigts. Le soir, tes boots noires claquaient sur le pavé. Tu avançais d'un pas sûr, quasi militaire. Tu te souviens, dis, des tequilas sunrise de chez Joe Allen ? Et les mauvais gin tonics du Bus Palladium, tu te rappelles, hein ? Tu avais le même imper froissé que Columbo. Le bas de tes jeans s'effilochait avant que cela n'en soit la mode. La poésie ne te rebutait pas. J'y restais insensible. Nous parlions de Pasolini dont nous n'aimions pas les films. En revanche, ses articles nous plaisaient. Son anticonformisme le poussait à défendre les policiers qui étaient de vrais prolétaires contre ces fils à papa d'étudiants. *Porcherie* nous barbait. Nous hurlions de rire devant *Théorème*. Réconcilier Marx, Freud et Jésus nous semblait dérisoire. Tu avais des idées sur la religion. Tu croyais en Dieu. Ça n'était pas mon cas. J'étais plus pessimiste que toi. Nous parlions d'autre chose alors : de Jacques Dufilho dans *Le Crabe-Tambour*, des pistes noires au Val d'Aran, de la meilleure marque de pur malt, du bruit que fait le panier de l'ouvreuse pendant l'entracte. Il convient de rappeler ici que le principal souci de notre génération se résumait à savoir s'il fallait glisser un penny sous l'empeigne des mocassins Sebago.

Nous nous demandions qui avait écrit *Dandys de l'an 2000*, ce manifeste sans nom d'auteur. Nous nous racontions nos rêves et nos souvenirs. C'était la même chose. Nos attentes bannies, nous les taisions.

Fiers et farouches, donc odieux, nous haïssions les Français moyens. C'était par peur de leur ressembler bientôt. Tu as échappé à ce péril.

Nous étions fiers de nos maladresses. C'était le nom que nous donnions à notre arrogance. Il nous fallait absolument écrire un livre. Notre salut en dépendait.

Comme un couillon, je trouvais très élégant d'utiliser un énorme feutre violet pour rédiger des missives que je postais à de possibles amoureuses.

Quel plouc je faisais ! Une vraie shampouineuse.

Tu étais le sosie de Nicholson dans *La Dernière Corvée*, la moustache en moins. Cet air malin comme tout, cette manie de hausser les sourcils en accent circonflexe. Tu as eu le destin de James Dean. Finalement, la mort violente est toujours conne.

Au moins tu ne t'es pas abîmé. Il n'y a pas eu toutes ces blessures, qu'on inflige ou qu'on reçoit. La déception te sera restée étrangère. Cela t'a évité de marcher dans les clous. Les compromis et les impostures n'ont pas eu le temps de t'effleurer. Tu n'as donc pas connu les menus renoncements, les infimes trahisons, les tours de taille qui s'épaississent. Tu aurais fait un formidable père de famille. Tu aurais été un merveilleux vieillard. Je pense qu'avec ta fiancée tu aurais formé un couple unique, hors du commun, épatant. Vous auriez eu des tas d'enfants et vous vous seriez installés dans une bastide du Sud-Ouest avec de grands arbres et des allées poussiéreuses. Sur l'herbe, un paon aurait poussé son braillement ridicule. Je n'aurais pas été à la hauteur, avec mes deux divorces. Nous nous serions envoyé des cartes postales, des mots griffonnés sur du papier à en-tête. Je nous imagine aujourd'hui devant un feu de cheminée, en train de goûter les différentes sortes de gin qui pullulent dans les boutiques. Tu aurais détesté les vins bio et vanté les charmes des solides, des inusables bordeaux. Au bout d'un moment, nous aurions évoqué ce mois de juillet à Toulouse où nous avions réquisitionné l'appartement de tes parents qui étaient en vacances. Cet été-là, je ne crois pas avoir dormi. L'insomnie bourdonnait dans nos crânes. Les hostilités commençaient au Bar du Matin, place des Carmes. Les choses sérieuses se déroulaient dans ces soirées aux alentours de la ville. Nous étions invités dans des manoirs de campagne avec buffet et piscine. Le but était de vider la cave de nos hôtes. À ce jeu, nous étions imbattables. Il aurait fallu atteindre un alcoolisme aux proportions faulknériennes. Qui d'entre nous, qui donc, t'avait surnommé « le petit chanteur à la gueule de bois », déjà ? Gavés de fictions littéraires, nous rêvions d'infractions. Sous un ciel d'encre, nous inventions des chemins détournés en parlant de « Monsieur Jadis » et de « Gatsby ». Ces noms ne disaient rien à personne. Nous délirions dans le vide. En raison de sa petite taille, nous avions surnommé un de nos amis « Le dernier nabot ». Il n'avait pas noté la référence à Fitzgerald. Les extras en veste blanche nous resservaient en retenant une grimace de désapprobation. Nous nous en moquions, en quête du verre qui serait vraiment ravageur. L'alcool fut un compagnon, un ennemi, un traître, n'est-ce pas ? Les adultes demeuraient dans leur coin, fixant leurs chaussures. La jeunesse locale s'imbibait avec une conscience remarquable. Très vite, un crétin balancerait une fille tout habillée dans le bassin. D'autres suivraient. Toulouse, quoi.

Tu te rappelles, oui, Olivier ? Nous rentrions à l'aube allées François-Verdier. Par la fenêtre, le jour se levait avec paresse. De l'autre côté, on voyait les immeubles de brique rose si caractéristiques de la région. Il y avait eu ce matin où nous avions décidé de faire la vaisselle. Elle s'entassait dans l'évier. Je lâchai un verre. Il se cassa sur le rebord de faïence. J'essayai de le rattraper et il m'entailla le pouce. Le sang coulait dru. Des anémones rouges explosaient sur le carrelage de la cuisine. Tu t'es précipité jusqu'à l'armoire à pharmacie, m'as appliqué un coton humide d'alcool à 90° sur le doigt, ce qui eut pour résultat immédiat de me faire perdre connaissance. Je ne m'étais encore jamais évanoui. L'alcool que j'avais dans les veines ne supporta pas la concurrence déloyale qui venait de l'extérieur. Je rouvris les yeux et allai me coucher.

Nous dormions quelques heures avant de regagner nos points d'eau. Les terrasses nous offraient leurs chaises en plastique. C'était l'heure des Kirs. Cela n'arrêtait pas. Nous pensions pour de bon que cela ne s'arrêterait jamais. Nous prenions ce fameux dernier verre qui était suivi de beaucoup d'autres. C'était nous, notre jeunesse. Devrions-nous en rougir ?

Bientôt, tes parents furent de retour. Nous avions rangé, refait les lits. Leur note de téléphone a dû être salée. Nous passions notre temps à appeler les uns et les autres. Où y avait-il une fête ? Qui donnait un dîner ? Est-ce qu'unetelle était rentrée de Playa de Aro ?

Tu te souvenais, en effet. Tu rajoutais une bûche dans le foyer. Dehors, la neige se mettait à tomber. Ta figure ne s'est pas abîmée. Regarde-nous, avec nos kilos en trop, ces cheveux qui se clairsèment, ces yeux qui ne sont plus capables de briller.

Salut, mon vieux. Adieu. Tu avais le talent de la vie. Ton passé avait un bel avenir. Tu ne te seras jamais laissé salir par rien. Tu n'auras jamais entendu parler du vivre-ensemble, du lâcher-prise. Ne t'inquiète pas. Tu es là, intact, protégé. Tu es toujours là, comme un rêve d'enfant.

Je perds, oui, un ami. Mon adolescence s'éloigne en boitant. L'insouciance tire sa révérence sans demander son reste. L'avenir prend soudain d'autres couleurs.

Les gens jasent (notez l'allitération, le côté Miles Davis). Qu'ils jasent. J'ignore ce qui se passe à l'extérieur. Je ne rate pas grand-chose. Il serait question d'un véhicule roulant en sens inverse qui aurait percuté le nôtre, ce qui aurait dévié notre trajectoire, nous obligeant à quitter la route. Aucun souvenir de cela. Chaque neurone se désolidarise des autres. Je me repasse le film. Des séquences manquent. L'opérateur s'est fait la malle. Je ne retrouverai jamais les chutes.

L'été précédent, grâce à une recommandation de mon père, j'avais effectué un stage à *L'Aurore*. C'était un journal que je ne lisais pas. On m'avait affecté au service Étranger. Je n'avais rien à faire. Un moustachu découpait des dépêches. Le chef de rubrique inventait de toutes pièces des proverbes africains. Une dame blonde à chignon remplissait avec zèle ses notes de frais. Le standard ne connaissait même pas mon nom. Olivier avait essayé de m'appeler. Personne n'avait été capable de me localiser dans les bureaux.

À sept heures du soir, il passait me chercher rue de Richelieu. La Mini filait vers la Comédie-Française. Il était impératif de s'éloigner de ces grands boulevards que chantait le guilleret Yves Montand. Nous traversions la Seine. Le soir était à nous. Nous ne doutions pas d'être doués pour la jeunesse. Paris était notre champ de bataille. Nous étions des conquérants de la capitale. Nous revenions aux Halles. Nous dînions d'un hamburger chez Joe Allen, avec ses murs de brique. Au bar, la serveuse était brune. Les images se brouillent. Nous étions si jeunes. Nous étions tellement cons. Je me souviens d'un petit déjeuner à Montmartre. Qu'est-ce que nous fabriquions là ? C'était un quartier où nous n'allions jamais. Un soleil indolent se levait. Nous n'avions presque plus un centime sur nous. Les nuits étaient reines. Elles n'en finissaient pas. Nous traversions la vie comme une rue. Nous aurions mieux fait d'écrire, tiens. Il y avait un ciel de fer-blanc. Un dernier irish-coffee à la Closerie des Lilas et la statue du maréchal Ney nous regardait nous éloigner sur le boulevard Montparnasse.

Il se garait en double file, ne fermait pas la voiture à clé, s'installait en terrasse, avec ses bottines en cuir noir à la Teddy Boys. Nous nous cotisions pour l'essence. Sur les choses, il portait un regard neuf. Une belle exigence l'animait. C'était une âme lucide et indomptable. À coup sûr, il aurait fait un adulte assez vaste. C'est trop con.

Il habitait en haut de la rue La Fayette. Tard dans la nuit, il me raccompagnait du côté de la porte Dorée.

Ma grand-mère m'avait laissé ses clés. Chère Mita. Elle buvait son vin coupé de beaucoup d'eau et se servait un Schweppes à l'apéritif. Je lui dois peut-être mon goût pour le gin tonic. Le matin, je prenais le métro à la station Porte-de-Vincennes, direction Palais-Royal. Je me prenais pour Bob Woodward. Était-ce lui que jouait Redford dans *Les Hommes du président* ? Pas moyen de savoir si ça n'était pas plutôt Dustin Hoffman.

Au bout d'une semaine, ce stage me pesa. J'écourtai la plaisanterie et sautai dans un train pour l'Espagne. Au wagon-restaurant du Talgo, il y avait des nappes blanches. Je commandai du bordeaux. Je me réveillai à Figueras.

Je remonte lentement à la surface. Le monde reprend ses contours. Je m'aperçois que je vivais dans le brouillard. J'en bavais. Groggy était mon état naturel.

Je ne connaissais rien aux femmes. Je baisais vite et mal, n'importe comment, c'est-à-dire en m'en foutant. Il s'agissait de coucher avec le plus de filles possible. Le score n'avait rien d'exorbitant. L'amour restait un mot appris dans les livres. La vie n'était pas un roman. Elle constituait une succession de soirées en désordre, de pauvres conquêtes, de petits matins décevants. Je cultivais le goût du malheur. C'était un malheur en carton. Cet accident remit les pendules à l'heure. Je rêvais de déguster ? J'allais être servi. Le dernier roman que j'avais lu avant la catastrophe s'intitulait : *L'Homme couvert de femmes*. Ça n'était certainement pas ainsi qu'on aurait pu me définir. Drieu, toujours Drieu.

Je le pressentais. Quelque chose, je ne sais pas quoi, me disait que je ne passerais pas mes examens. Un dieu malin m'empêcherait de perdre mon temps sous les drapeaux. Je n'avais pas assez travaillé. Je n'avais pas travaillé du tout. Lire Drieu la Rochelle de A jusqu'à Z avait rempli mon année. À Censier, les professeurs ne brillaient pas par leur originalité. Ils citaient Barthes et Derrida. Deleuze appartenait à leur cortège de divinités. Je n'avais pas besoin d'eux. Leurs références me laissaient froid. Aux TD, je préférais les séances de l'après-midi dans les salles du Quartier latin. Les cinémas étaient permanents. On pouvait entrer au milieu du film, rester dans son fauteuil pour faire la jonction. Cela demandait un certain effort d'imagination. Il s'agissait de combler les trous, de se demander non pas comment tout cela allait finir, mais comment cela avait commencé. C'était tout un art.

La nuit, règne le silence. Il est de plomb. Sans prévenir, il s'abat sur l'hôpital. Cela fait un solide contraste avec l'animation de la journée, avec tous ces infirmiers, ces aides-soignantes qui surgissent de partout. La nuit, on dort sans bruit. On meurt en silence. La chambre devient une capsule spatiale abandonnée dans l'obscurité. *Jouvenet, we have a problem.*

Drôle de manie. Je garde le poing serré sur le drap. Mon père me dénoue les doigts un par un, sans rien dire. C'est peut-être le geste de lui qui m'a le plus touché. Qu'est-ce qu'il signifiait sinon « détends-toi, ça va aller, je suis là. Je te promets que ça va finir par aller mieux ». Il n'y avait pas de mots pour ça. Je ne les avais pas entendus. Je ne l'imagine pas non plus les prononçant. Dans ses silences, l'inquiétude était palpable. Je ne pensais qu'à moi. Sale égoïste.

C'est bien ma veine. Une cousine de ma mère m'offre *Je vis où je m'attache* d'Yves Navarre. La couverture est barrée par du lierre. Par chance, il y a un problème de vue. Je n'arrive pas à lire. Sur la page, les lignes se chevauchent, les mots font du rodéo, les caractères d'imprimerie se brouillent devant mes yeux. Cela donne une sorte de morse que la plus perfectionnée des machines Enigma aurait du mal à déchiffrer. Ça n'est sûrement pas un drame de ne pas pouvoir plonger dans ce roman. Navarre, encore un écrivain bien oublié. Il passait aux « Dossiers de l'écran » pour parler de son homosexualité. Il y avait lui et Jean-Louis Bory, pour se charger de cette tâche.

Il faudra attendre plusieurs mois pour que mes pupilles s'adaptent enfin. L'heureux élu s'appelle *Rue des Boutiques obscures*. Ça n'est pas mon Modiano préféré. Du reste, il aura le Goncourt. Joie de tourner les pages : le vice est impuni, retrouvé, intact. Aucune idée de ce dont cela parlait. Le titre désigne l'adresse du PCI à Rome, mais je ne suis même pas sûr que le livre se déroule en Italie. Si ma mémoire ne me trompe pas, un des personnages s'appelait Denise Coudreuse. Coudreuse, vous avez dit Coudreuse ?

Quels étaient les autres prix, cette année-là ? Je crois bien que Georges Perec avait obtenu quelque chose, Médicis ou Renaudot. Pascal Jardin avait eu le grand prix de l'Académie française. Peut-être qu'il avait dû le partager avec Alain Bosquet – on se demande un peu –, mais dans la maison où je suis, la bibliothèque ne m'est d'aucun secours de ce côté-là. *Le Nain jaune* m'épate. C'était déjà le cas de *La Guerre à neuf ans*. Pascal Jardin est invité chez Pivot avec Charles Trenet. Il y a aussi Robert Hossein et Madeleine Chapsal. Des verres de whisky sont posés sur la table basse. La fumée des cigarettes monte vers les projecteurs. Jardin a une veste de laine en jacquard, une cravate en tricot au nœud large comme une part de tarte, une Gitane Maïs au bec. À l'écran apparaît la couverture rouge et blanc si reconnaissable de Julliard. L'auteur évoque la mort de son père, le sulfureux Jean Jardin qui lui ressemble comme deux gouttes d'eau de Vichy et qui disait « J'ai fait l'auteur » quand quelqu'un évoquait devant lui les livres de son fils. « Je suis comme un arbre qui perd ses racines », soupire Pascal l'orphelin. Il compare la vie de son géniteur aux aventures de James Bond et des Fratellini. Dans une autre émission, Jean d'Ormesson lui demande si un jour un de ses enfants écrira un livre sur lui. Pascal Jardin soulève les sourcils. Silence. « Apostrophes » s'achève sur ce point d'interrogation. Plus tard, Alexandre exaucera le vœu de d'Ormesson. Ce sera *Le Zubial*.

Je me farcis Yourcenar. Il n'est question que d'elle. C'est déjà un classique. Elle n'est pas encore à l'Académie. Jean d'Ormesson bataillera ferme pour remédier à cette anomalie. Le temps a filé. *Souvenirs pieux*, *Archives du Nord*, plus personne ne lit ça. Il y a peut-être une justice.

Je préfère Geneviève Dormann. La première phrase du *Bateau du courrier* me saisit au collet : « Un jour, le parachute de maman ne s'est pas ouvert. »

Sur un gros cahier, je consigne la liste de mes lectures. Cette manie a continué pendant des dizaines d'années. Un jour, cela s'est arrêté, sans raison précise. Peut-être que les livres ne comptaient plus autant, soudain.

Promesses saccagées, serments trahis, parole bafouée : brinquebalé dans des souterrains aux murs jaunes, je perds tout, sauf la mémoire. Des brancardiers jouent aux stock-cars avec leurs chariots. Dans le Lot, à la fête foraine, les manèges d'autos-tamponneuses s'appelaient « chahut-car ». Effectivement, les bagnoles m'ont chahuté. Euphémisme.

Les journaux s'entassent sur la table de nuit. Les hebdomadaires évoquent une probable, une future troisième guerre mondiale. La crise pétrolière fait rage. Dans *L'Express*, Darquier de Pellepoix assure : « À Auschwitz, on n'a gazé que les poux. » La critique tire Maurice Sachs des oubliettes. Dominique Desanti publie une biographie de Drieu la Rochelle. Brasillach est disponible en poche. La mode rétro fait des petits. Durant son passage à « Radioscopie », Bernard-Henri Lévy prévient Jacques Chancel : il existe deux dangers fascistes en France, Jacques Chirac et Georges Marchais. *Mamma mia !* Les éditions du Sagittaire déposent leur bilan. Gérard Guégan annonce cela en direct sur France Culture. Dans le studio, une journaliste commente : « Faut-il le regretter ? » Ils venaient de publier une biographie de Maurice Sachs. Je me rappelle que Jean-Edern Hallier envisageait de se présenter aux élections européennes – il y avait donc déjà des élections européennes ? Je revois le trublion à la télévision. Deux vigiles le traînaient par les pieds parce qu'il avait perturbé une réunion. Je ne soupçonnais pas que, quelques années plus tard, je lui collerais mon poing dans la figure durant un Salon du livre à Nice.

La révolution éclate en Iran. Giscard d'Estaing recueille l'ayatollah Khomeini. Le prophète barbu s'installe à Neauphle-le-Château. Les habitants n'ont pas de chance. Ils avaient déjà Marguerite Duras. A-t-il lu *Barrage contre le Pacifique* ? S'est-elle plongée dans les versets du Coran ? La malheureuse bourgade des Yvelines abrite des énergumènes.

« C'est un scandale ! » dit Judet à mes parents. Il a enlevé tout le matériel qui faisandait dans ma jambe, l'a remplacé par des fixateurs externes dont il est l'inventeur. Je découvre l'expression. De longues tiges d'acier sont vissées dans le tibia. On dirait une antenne de télévision. Un énorme bandage entoure ce nouvel équipement. Je ne comprends pas ce qu'il y a à l'intérieur. Cela m'oblige à garder les jambes écartées.

Fils et frère de chirurgien, ce Judet est une force de la nature, avec son visage rouge de sagesse et d'expérience. Quand il parle, on l'entend. Pas de blabla. Il allait à l'essentiel, avec son débit de mitraillette et ses mains agiles. Ses façons directes étaient réconfortantes. C'était un oiseau rare, un artisan de génie à la voix rauque. La confiance jouait son rôle. Vibrionnant et débonnaire, il a quelque chose d'un personnage de dessin animé. Il pourrait être capitaine au long cours. « Je suis un braillot », disait ce Creusois avec fierté.

Est-ce un homme ? C'est un médium. Un seul coup d'œil, et il sait comment réparer les carcasses. Il a un don. Cela participe du surnaturel. Ce paysan a des capteurs à la sensibilité de baguettes de sourcier. Le mal n'a plus qu'à bien se tenir.

Une porte qui s'ouvre en rafale : le voilà, avec son complet-veston. Un ouragan avec sa moustache en brosse à dents. Haut en couleur, il est chevaleresque dans un monde de bourgeois. Cela ne se pardonne pas. Je crois bien qu'il était gaulliste. Ce défaut avait dû contribuer à sa disgrâce auprès des fonctionnaires giscardiens. Le verbe haut, la poigne ferme, il ne gaspillait pas ses minutes. Son métier – lutter contre le sang et les ténèbres – exigeait du muscle et de la grâce. Le talent n'explique pas tout : le caractère complète le tableau. Le bloc était son champ de bataille. Il y imposait ses lois, en homme qui garde les pieds sur terre. Il ne se noyait pas dans les détails. On l'envisageait assez en train de rompre des lances et de manier l'estoc. C'était une figure à l'ancienne, un Français comme on n'en fait plus. Il avait cinquante ans d'avance sur les spécialistes. C'était le plus moderne des personnages moyenâgeux. De là, une audace, un mépris du qu'en-dira-t-on, une modestie impériale. Avec lui, les chimères s'allumaient. La passion s'emparait de la science. Cela donnait des prodiges. La médecine était pour lui une terre promise, une aventure. Ce général qui avait créé son propre arsenal avait l'âme d'un constructeur. C'était lui, un joueur de rugby qui brûle de retourner sur la pelouse. Ça y était. Il n'était plus là. Il était déjà ailleurs.

Au bloc, ses assistantes lui enfilent ses gants de plastique. Il opère d'une main sûre et légère, tient haut ses instruments à la manière d'un harpiste. Ce petit bonhomme avait, bistouri au poing, des grâces de plume d'ange. La médecine restait une conquête. Il en était le héros jovial et inconscient. Sa spécialité était simple : guérir. Il reconstituait des membres brisés, recollait des corps en charpie. Je lui trouvais du panache, un côté gascon. Dans un autre siècle, Alexandre Dumas en aurait fait un de ses personnages. Mousquetaire en blouse bleue, il défiait la fatalité sabre au clair. Le pessimisme n'était pas son fort. Je le vois une fois par semaine. Il entre en coup de vent. Il quittait la pièce en faisant le V de la victoire. Il ne lui manquait plus que le cigare de Churchill.

Ma grand-mère s'extasie sur ses prouesses. C'est un geyser de compliments. Elle le traite de magicien. Aussitôt, nous le baptisons « Merlin », mon frère et moi. Nous sommes idiots.

C'était curieux, cette manie que nous avions d'affubler tout le monde d'un surnom. Cela n'arrêtait pas.

Il y avait eu la Croûte (voisin de classe en seconde), le Rat (camarade de club de natation), l'Exhib' (patron de boîte de nuit à qui quelqu'un avait baissé son maillot à la piscine), le Hippie (grand Noir qui s'habillait comme un membre du groupe Sly and the Family Stone), le Nain rouge (forain en pull écarlate qui dirigeait un manège durant les fêtes d'automne à Cahors), Pinocchio (élève du lycée Gambetta qui avait une drôle de façon de marcher), Boudinou (fils d'amis de mes parents qui était un peu enveloppé). Souvent, ces surnoms étaient issus du cinéma : Lèvres en feu d'après *MASH*, Joe Buck en hommage à *Macadam Cowboy*. Mon père, c'était Piccoli, à cause de ses colères qui étaient dignes de la séquence du gigot dans *Vincent, François, Paul... et les autres*.

Il fallait bien que Judet y ait droit. Cela n'a pas raté.

Soudain, un doute m'assaille. Je n'ai jamais su quel était mon surnom ni même si j'en avais eu un.

Voici le paragraphe le plus délicat de ce livre. J'ai longtemps hésité. Je tourne autour comme un chien qui fait des ronds sur lui-même avant de se coucher. Allons, il faut se lancer. On n'a pas le choix. Alors, voilà. Vous n'avez pas vécu ça. Vous avez eu cette chance. Vous n'avez pas eu droit au bassin. Pour vous, le mot n'évoque rien, sauf peut-être le grand bain d'une piscine ou une dune du côté d'Arcachon. On est loin du compte. Il s'agit d'une cuvette en plastique munie d'une poignée dans laquelle les patients coincés dans leur lit sont obligés de se soulager. On dirait une pelle à tarte géante, un brin monstrueuse. Les détails vous seront ici épargnés. Sachez seulement qu'appuyer sur une sonnette pour qu'une infirmière vienne vous torcher les fesses est un geste dont vous auriez aimé mille fois vous dispenser. La personne entre, adopte une mine dégagée, s'empare d'une touffe de coton. Elle accomplit sa tâche avec un naturel souverain. Vous rougissez, vous contorsionnez, faites semblant de regarder ailleurs. Ces secondes sont interminables.

Et vous supportez tout cela. Vous l'acceptez. C'est ça, le pire : vous l'acceptez. Vous voilà réduit à vos fonctions primordiales, essentielles. Vous n'êtes plus qu'un petit tas de complexes. Très vite, ces instants problématiques appartiennent à la routine. L'humiliation n'utilise pas de ruse plus embarrassante. Ma hantise : que quelqu'un débarque juste après. Ou pire : pendant. La chose n'a jamais eu lieu. Il y a un dieu pour les alités.

Rideau. Il est recommandé au lecteur d'aérer cette page un moment.

Où suis-je ? La douleur reflue. C'est un leurre. Elle revient comme une marée. Cette garce refuse qu'on l'oublie. « Je suis toi, maintenant. » « Va te faire foutre », ai-je envie de lui répondre. Aucun résultat. Elle parle une langue étrangère. Je m'isole dans un état d'abrutissement permanent. L'inertie est mon igloo. Je suis de plus en plus vide. La souffrance prend toute la place. Je suis un peu quelqu'un d'autre. La vie tourne au ralenti. Le risque n'est pas mince de s'enliser. Toujours la même chose. Le personnel est aux petits soins. Je me la coule douce. Une épaisse et aimable somnolence berce mon organisme chamboulé. Les draps sont comme un bain chaud, paralysant. La tâche principale se résume à contempler le plafond. Le paysage se répète.

Ma jambe gauche pèse des tonnes. C'est le jour du pansement.

Il faut attendre. Le brancardier ne va pas tarder. Ils avaient dit onze heures. Je suis à jeun. J'ai la bouche en plâtre. Toujours délicat, le brancardier ouvre la porte avec son chariot comme s'il la percutait avec un bélier. Il répond à peine à mon bonjour, m'aide à glisser du lit à la civière en me tenant la jambe, me recouvre d'une sorte de drap. Il a une moustache, un calot bleu sur la tête. Allons-y. Notre équipage emprunte des couloirs interminables, stoppe devant des sas, franchit des portes coulissantes qui s'ouvrent et se ferment avec un soupir de belle-mère excédée, s'introduit dans des ascenseurs qui démarrent avec fracas, longe des portes aux vitres dépolies, frôle des kilomètres de tuyaux.

En bas, la lumière est crue. L'anesthésiste consulte sa fiche, me touche le bras. J'hésite : est-ce pour me réconforter ou pour tâter la veine qui va accueillir l'aiguille ? Elle m'entoure le bras d'un garrot en caoutchouc. Je l'étends dans une gouttière. À force, je connais les gestes pour faciliter la tâche de ces spécialistes. Je fais une grimace atroce qui essaie d'imiter un sourire. Bouche tordue, pupille affolée. Une pulsation incongrue palpite derrière mes yeux. Elle me dit de penser à quelque chose de « joli ». Ça y est, le monde s'efface. Je me sépare de moi-même. Je m'en vais pour nulle part, l'esprit aussi vide qu'un mur en carrelage lavé au jet d'eau. D'une seconde à l'autre, je n'y suis plus pour personne. Je me perds hors de moi-même, glissant vers un lieu obscur et secret. Avant de sombrer dans le néant, je repense – pourquoi ? – au Cosmos, ce cinéma de la rue de Rennes où ils ne passent que des films soviétiques. C'est là que j'ai découvert *Oncle Vania* et *Le Nid de gentilshommes*.

L'expérience se répète. J'aimerais pouvoir ne plus y faire attention. C'est au-dessus de mes forces. Les réveils, après, sont toujours aussi pénibles. Je les ai en horreur. Ça n'est pas tant la douleur, mais cette sensation d'être égaré dans un cauchemar atroce. Qui viendra me tirer de là ? Je n'arrive plus à respirer. De l'air. Il faut que je respire. L'oxygène se carapate. Les narines se dilatent. Il reste encore des milliards de secondes avant de récupérer. On m'a kidnappé. Des miliciens me torturent. Je suis dans la cave d'une villa inconnue, englué dans une panique molle. Un malaise ne me lâche pas. Ce marasme de sensations inédites m'anéantit. Le pentothal, voilà l'ennemi. Je ne comprendrai jamais les drogués. Ma mémoire s'agite comme un shaker. Le coma l'a secouée. Des bribes de passé remontent à la surface. Aucun ordre ne régnait dans tout ça. Il y avait même des hallucinations. Le temps grimpait dans des montagnes russes.

Ces allées-venues ne suffisent pas à me dépayser. Couloirs et néons. Brancard et monte-charge. Les pieds des médecins sont enveloppés de sur-chaussures. Je ne vois que leurs yeux. Ils clignent des paupières pour me signifier je ne sais quoi encore.

De retour dans la chambre, je meurs de faim. Ma mère file me chercher des plats préparés chez le traiteur le plus proche. Lenôtre ou Dalloyau ? Je découvre les opéras, ces gâteaux au chocolat au glaçage si lisse. J'ai des envies de femme enceinte. Je voudrais du pâté en croûte, des endives au roquefort, de la glace au turrón. J'engraisse comme un chapon.

L'immobilité impose son propre rythme. Elle a ses lois. À part descendre au bloc, je ne quitte pas cette chambre. Plus exactement : je ne bouge pas de mon lit. On m'y lave. Pour pisser, il y a le pistolet. Pour le reste, on m'apporte le bassin. Le grabataire total. Je suis un gisant en blouse s'attachant dans le dos. Le pyjama est interdit de séjour. Avec la bande et les broches qui encombrent ma jambe, il serait impossible d'enfiler le pantalon. Je n'ai pas la chance du héros de *Fenêtre sur cour* qui lorgnait les faits et gestes de ses voisins d'en face. On assassinerait quelqu'un dans l'immeuble de l'autre côté du jardin que je ne me rendrais compte de rien.

La clinique Jouvenet sera ma « Montagne magique ». J'y vis un exil confortable, très XVIe. C'est Sainte-Hélène du côté d'Exelmans. J'ignorais qu'on baptisait « squares » certaines rues en cul-de-sac. Le quartier est bourgeois, excentré. Il ne s'agit pas du « bon » XVIe. *La Grande Bouffe* a été tourné dans les parages. La maison qui servait de décor aux agapes a été détruite, rue Boileau. Elle avait abrité un temps l'ambassade du Vietnam, ce qui fournissait à l'endroit un côté Le-Tan/Modiano. Les plats dont se gavaient Noiret et Compagnie venaient de chez Fauchon.

Le Parc des Princes est au bout de l'avenue de Versailles. Sur la place, les Trois Obus est ce café où nous nous donnions rendez-vous avant les matches de rugby. Cela paraissait le bout du monde aux habitués de la Rive gauche que nous étions. Que serais-je allé faire dans ce quartier, à part admirer les exploits des trois-quarts aile ? Jean-Pierre Rives officiait au Stade toulousain.

On le surnommait « l'Ange blond ». Bientôt, il serait capitaine de l'équipe de France.

Je ferme les yeux sur ma fatigue. La douleur m'emmerde. Elle manque d'invention. L'infirmière me tâte le pouls. Sa main est froide comme une pierre. On m'attribue une nouvelle chambre. Je ne quitterai plus la 111. Très vite, je n'ai plus envie d'échapper à ces quelques mètres carrés. Il est si facile de s'habituer à cette nouvelle vie qui n'en est pas une. Je ne suis plus que l'ombre de moi-même. J'ai épuisé mes réserves d'énergie. La réalité se détache. Vous entrez dans un monde à part. L'horizon s'efface. J'aurais pu mourir à la seconde que je n'aurais eu aucun regret. Ce serait tellement bon de s'abandonner. *Adios.*

Sous le pansement, les démangeaisons ne sont pas rares. Une aiguille à tricoter me sert à me gratter. Avec une prudence de Sioux, je la glisse sous les bandes Velpeau. C'est l'extase. Aujourd'hui, on ne voit plus nulle part d'aiguilles à tricoter. Elles ont disparu, comme les machines à coudre, les pelotes de laine avec leur drôle de forme. Il n'existe plus de magasins Phildar ou Pingouin. Les machines, c'était Singer. Certaines avaient une pédale. Celle de ma grand-mère était en métal noir orné de lettres dorées. Un couvercle en bois la protégeait. Cet engin m'intriguait, avec ses bobines de fil, sa pédale qui permettait d'accélérer le rythme ou de le ralentir. Attention, les doigts.

Il faudrait peut-être que je cesse de m'enfouir dans l'insondable terrier du souvenir.

J'ai bien aimé les infirmières. Elles m'intimidaient. Qu'est-ce que j'étais pour elles ? Pour les appeler, j'appuie sur la sonnette en forme d'olive. Qu'est-ce qu'il veut encore ? Le pire, c'est le bassin. Je ne souhaite ça à personne. Quand on est dans les vapes, pas trop de problème. Revenu à la lucidité, les choses se compliquent. Ces besoins qu'on dit naturels, merci bien. Le pistolet, à la limite, ça peut aller. On pisse dans une espèce de gourde en plastique. Philippe compare l'objet à un porrón, ce pichet qui permet de boire à la régalade, comme si on était à Pampelune. Il a de ces métaphores.

La pudeur a déclaré forfait. L'intimité est aux abonnés absents. On me palpe, me triture, me retourne. On me soulève pour tapoter les oreillers. Je suis une chiffe. Je suis une loque. Ça n'est pas moi, si, cette masse informe, ce pantin ramolli, la tête pleine de brouillard ? J'ai le sentiment d'être allé au bout de moi-même.

Il y avait cette grande bringue brune comme ça n'était pas permis, aux cheveux frisés dans lesquels était plantée une coiffe à la Miss Ratched. Elle avait quelque chose d'un chat sauvage, une voix chantante. Elle avait de longs cils noirs. Rimmel ? Sans être transparente, sa blouse laissait apparaître sa culotte et son soutien-gorge. Je rougissais sûrement. Ces vilaines pensées étaient priées de déguerpir. Mes amis la reluquaient sans gêne. Ils m'adressaient des clins d'œil graveleux, menaçaient de me gaver de bromure. Elle avait du fond de teint, une façon de se retourner comme si elle était montée sur ressorts. Elle quittait la chambre en bourrasque. Elle avait des claquettes comme les maîtres-nageurs dans les piscines municipales. Sur le sol de plastique bleu, ses semelles en caoutchouc produisaient un bruit de ventouse. Je l'entendais venir à cause de ça. Clop, clop, elle frappait, n'attendait pas la réponse. J'aurais aimé avoir le culot de Philippe Noiret dans *Le Vieux Fusil*, lorsqu'il charrie la petite infirmière timide. Elle serait mon Agnès von Kurowsky. Je me prenais vaguement pour Hemingway dans son hôpital de Milan, avec des éclats d'obus dans la guibole. Il avait failli l'épouser. Elle avait dit non. Dans *L'Adieu aux armes*, elle devenait Catherine Barkley.

Mlle M. n'avait pas de croix rouge ornant son calot. J'aurais parié que dehors elle conduisait une petite Austin ou une Autobianchi, une de ces voitures pour femmes qui étaient à la mode dans ces années-là, qu'elle portait des bottes et un long manteau en daim. Je la voyais passer ses vacances sur la Côte d'Azur ou au Cap-Ferret, s'allonger toute bronzée sur des matelas rayés de bleu et de blanc. Je lui imaginais mille aventures. Je lui attribuais des amants riches et âgés. Tout ça parce qu'une fois, elle avait raconté être allée chez Bocuse. J'aurais parié que dans la rue on se retournait sur son passage. J'étais certain que si des ouvriers l'avaient sifflée depuis leur échafaudage, elle aurait haussé les épaules avec un sourire immense. Qu'est-ce qu'elle était sexy ! Comme elle était lointaine ! Allons, c'était peut-être une jeune fille sage, tout ce qu'il y a de bien. De toute façon, ces songes ne duraient pas. Je sonnais, lui demandais de me passer le bassin. Je vous jure que cela calme. « Quand vous aurez fini de me torcher, pourrais-je vous inviter au restaurant ? »

Je ne l'ai pas oubliée, n'empêche, avec ses jambes interminables, sa blouse transparente juste ce qu'il faut. Qu'êtes-vous devenue, mademoiselle M. ?

Il y avait aussi la sage Mlle C. et son sourire rougissant et dont c'était le premier poste. Apparemment très catholique, elle sympathisa avec Catherine D., la veuve d'Olivier. Elles se fréquentaient à l'extérieur. Parlaient-elles de Simone Weil, philosophe que je n'ai toujours pas lue ? Il convient de préciser ici que la philosophie et moi, cela fait deux. J'avais bien plusieurs volumes de Nietzsche en 10/18. Je n'avais pas terminé *L'Être et le Néant* dont la légende prétendait qu'il pesait pile un kilo. Pourtant, en terminale, j'avais apprécié le professeur qui nous disait : « Il vaut mieux Schopenhauer que choper un rhume. » On voit le niveau.

Il était donc possible d'avoir plus mal encore. Au lieu de m'accabler, cette découverte m'apaise presque. Je suis mon propre cobaye. La douleur se fait plus insistante. Qu'elle continue son sale boulot.

Dehors, le temps est triste, le ciel est gris. Novembre colle ses doigts sales à la fenêtre. J'essayais en vain de retrouver le titre de ce roman qui commençait par « En ce temps-là, les semaines étaient bourrées de jours à craquer ». J'établissais la liste des filles avec lesquelles je n'avais pas couché, comme, paraît-il, certains comptent les moutons pour s'endormir. Elle était longue comme le bras. Je ne dormais toujours pas.

J'emprunte la Hermès Baby de mon père qui ne s'en est jamais servi. Avec une méthode, j'apprends à taper à la machine. Ça n'est pas une mince affaire. Au début, je m'entraîne sur un schéma reproduisant le clavier. D'abord, je me contente de deux doigts. Le truc est de ne pas regarder où ils se posent. « AZERTYUIOP », cette appellation barbare devient un talisman. Une fois les rudiments acquis, il faut passer aux choses sérieuses. Je glisse une feuille dans le rouleau. À l'attaque. Cela fait le bruit d'une mitraillette à moitié enrayée. À la fin de chaque ligne, la Baby émet un petit « cling ». Sur la page s'impriment des formules cabalistiques. Ça n'est pas encore ça. La feuille atterrit dans la poubelle. On repart de zéro. Le soir, quand il n'y a rien à la télévision, je m'entraîne encore. L'infirmière de garde m'engueule. Je fais trop de bruit. Le crépitement des touches résonne dans tout l'étage. Cela dérange les autres malades. Oups, pardon. Je rabats le couvercle sur le clavier. Je rallume le poste. Une chaîne diffuse une adaptation d'*Aurélien*. BHL joue le poète Paul Denis. On le voit s'asseoir à un piano. À un autre moment, il était en caleçon dans un lit, en galante compagnie, comme on dit. À Censier, je comparais le roman d'Aragon au *Gilles* de Drieu, vieille technique de khâgneux.

Ce séjour forcé n'aura pas été tout à fait inutile. Au moins, je ferai une honnête dactylo.

Dans la famille Judet, je demande le fils. Il s'appelle Thierry. Le week-end, il remplace son père. En général, il passe le dimanche. Au physique, c'est un mélange de Marc Porel et de Jacques Perrin. Je me le figurais déboulant à la clinique sur une moto, laissant son casque sur la selle, une grosse machine anglaise, de marque Triumph ou BSA, troquant son blouson de cuir contre une blouse blanche. La visite ne s'éternisait pas. À peine plus âgé que moi, il avait en commun avec son père de s'adresser à moi comme si j'étais bien portant et que j'étais au courant des arcanes de leur métier.

Ils me confondent avec un de leurs collègues. Pardon, mais je n'ai jamais répondu au moindre Q.C.M., moi.

Quelle barbe ! C'est le cas de le dire. Je me rase à nouveau tout seul, à moitié assis dans le lit, une cuvette d'eau tiède posée sur la tablette devant moi. À côté, un miroir carré tient en équilibre précaire. Le rasoir Gillette ratisse des bandes de mousse blanche. L'exercice confine à la gymnastique de précision. Je regrette le temps où l'on faisait ça pour moi. La paresse s'était installée. Elle avait du bon. Il faut se secouer, monsieur. Je m'essuie le visage avec un gant de toilette, me tapote les joues avec l'after-shave (Givenchy : j'avais enfin abandonné Eau sauvage avec lequel tous les garçons commencent par s'asperger). Ça peut aller. Je n'ai pas trop inondé les draps. Je repousse la table roulante et essaie de me rendormir. Ces efforts sont vains. Une aide-soignante vient récupérer la cuvette. Qu'est-ce qu'elles ont toutes à s'agiter comme ça ?

Il y avait des moments où je ne voulais voir personne. C'était si difficile à comprendre ?

Bientôt midi. Je devine le menu grâce aux effluves qui parviennent du couloir. Au-delà, c'est l'inconnu.

Le plateau du déjeuner constitue un intermède bienvenu. Le steak haché est trop cuit. La viande baigne dans une sauce insipide. Je la barbouille de moutarde. Le dimanche, il y a des frites. Les verres sont en Pyrex, comme je n'en ai pas vu depuis la cantine à l'école communale de la rue Las Cases.

Par la baie vitrée aux stores pas encore baissés, je regardais le crépuscule s'installer sur Paris. Enfin, ce petit bout de Paris que j'apercevais depuis mon lit. Ma chambre donnait sur un jardin. Je distinguais quelques fenêtres allumées à moitié cachées par les branches des arbres. Des corbeaux se perchaient dans les ramures.

Je m'acclimate. Jouvenet est un cocon. Ici, mes désirs sont des ordres. La sonnette est mon instrument favori. Je n'en abuse pas. Il serait idiot de se mettre à dos le personnel. Qu'est-ce qu'il veut, monsieur Neuhoff ?

Je pourrais mourir ici. Voilà ce que je pensais de temps en temps. Les dernières heures du jour filtraient à travers les frondaisons. La nuit tomberait doucement. La fenêtre est ce rectangle noir. Le sang palpite dans mes veines. Ça ne serait pas si mal de partir comme ça. Non, pas cette fois-ci, pas encore. À qui allais-je manquer ? Je n'avais pas de petite amie attitrée. Simplement, j'aimerais pouvoir me tourner sur le côté, poser une joue contre l'oreiller frais.

Cette chambre me sert de salon de réception, de bibliothèque, d'hôtel et de restaurant. Le room service laisse à désirer. En monarque pantelant, j'accueille dans ma ruelle. Les invités restent debout. Il n'y a qu'un fauteuil au gros coussin de cuir et aux accoudoirs métalliques. Aucun de mes copains n'ose l'utiliser.

Je vais devenir le monsieur de la chambre 111. Je suis un numéro. Me revient en mémoire ce feuilleton *Le Prisonnier* dont le héros essayait par tous les moyens de s'échapper du village où il était enfermé. Personnellement, j'aurais eu du mal à m'enfuir. Je ne serais pas allé loin, avec ma cheville en charpie.

Mon royaume est fait de murs beiges et de draps blancs. Le sol, d'un bleu pétrole, était en linoléum. On disait « lino », tout court. Cela faisait un peu Ventura. C'était « moderne ». Il y avait ça, le Formica, les moquettes orange, ces étiquettes en plastique avec les caractères en relief de la marque Dymo (on collait ça sur tout et n'importe quoi), les stylos quatre-couleurs (en plastique ou en métal argenté), les mange-disques, le Nescafé, les Cocottes-Minute. Suffit. J'avais déjà perdu trop de temps à regretter ma jeunesse.

J'étais cabossé de partout. Un rouleau compresseur m'était passé dessus. On me réparait comme une bagnole à la casse, une poupée désarticulée, une machine à laver endommagée. J'étais devenu un tas désordonné d'éléments disparates. Dans le genre accidenté, je me posais un peu là. Éric le désossé. Les infirmières nettoyaient les plaies avec des gestes minutieux, économes, utilisaient des compresses dont elles se débarrassaient d'un mouvement du poignet. Des bactéries grouillaient dans ce magma. La peau a la couleur du mazout à la surface de la mer. Leur méticulosité me touchait. Il fallait les voir plier la gaze humide enduite d'une pommade grasse d'un jaune-vert assez vomitif, comme une eau croupie. Pourquoi baptise-t-on ça des mèches ? Elles maniaient leurs pinces avec dextérité, affublées d'un masque de coton blanc, cet accessoire qui deviendrait si familier durant le confinement. C'est toute une cérémonie. Il y a cette série de visages attentifs et bienveillants. Quand elles entraient, j'éteignais la radio même si elles n'avaient rien demandé. C'était un réflexe automatique. Le chariot s'approchait avec ses bruits de flacons entrechoqués.

Accrochée au bout du lit, une feuille de prescriptions leur indique la tâche à accomplir. J'aurais dû leur parler davantage. Je n'ai jamais su d'où elles venaient, si elles étaient mariées, quelle était leur formation. Je ne m'intéressais qu'à moi. J'avais des excuses, mais quand même ça n'était pas joli-joli.

Le bas de la jambe ressemblait à un plissement hercynien, à une de ces maquettes représentant un massif montagneux que nous exhibaient les professeurs en cours de géographie. Je ne voulais pas trop en voir.

Je regardais sans regarder. Ça y était. Je ressentais une drôle de brûlure. La jambe était enveloppée de pansements, de bandes Velpeau pelucheuses avec leur liseré bleu. Existait-il un monsieur Velpeau qui avait donné son nom à ces rubans de crêpe hypoallergénique ? Sans doute, mais je n'ai aucune envie d'aller vérifier cette information sur Google. Peut-être qu'il existe dans Paris une rue qui s'appelle ainsi.

Je serre les dents. J'attends. J'attends quoi ? Rien : le lendemain. Il tarde à venir. Il ressemblera aux autres. Les semaines n'en finissaient pas. Du courage ? C'est beaucoup dire. J'étais un malade inerte, docile, passif. Je ne demande plus à quoi servent toutes ces manipulations. Faites de moi ce que vous voulez. De toute façon, je décline toute responsabilité pour la suite des événements. Ce combat, je n'ai pas eu l'impression de le livrer moi-même. Il se déroulait sans mon concours. Si j'y avais participé pour de bon, la lutte aurait été inégale.

Je bouge avec précaution, pour éviter le moindre faux mouvement. Mon corps est un sismographe.

La douleur se creuse les méninges, invente des stratégies nouvelles. Elle ferait une bonne romancière. Cette jambe irradie, résume mon corps à elle toute seule. Des seringues, des aiguilles, du sparadrap, du sérum physiologique, cet arsenal participe du quotidien. Drains, Redon, ces mots sont de plus en plus familiers. Je découvre la différence entre perfusion et transfusion. L'une est là pour vous nourrir ; l'autre vous réalimente en sang. Les fixateurs s'enfoncent dans des tissus tuméfiés. On les appelle aussi des « broches ». Ce vocabulaire de joaillier est idiot. « Chéloïde » : encore un mot nouveau. Il désigne une cicatrice épaisse. Tel est le cas de celle qui me barre le bras gauche. Les veines se carapatent. Elles n'en peuvent plus. Elles en ont marre, elles aussi. Je me décompose de l'intérieur. Les microbes s'en donnent à cœur joie. Je suis un pétard mouillé. Les médecins surveillent mon corps comme le lait sur le feu. J'apprends aussi qu'à un professeur, on ne dit pas « docteur », mais « monsieur ». Ces choses-là ont leur utilité.

Après les soins, la chambre a une odeur d'étang.

Aux prises avec des idées noires, je préfère sombrer dans la sieste. Qu'elles aillent au diable.

Un jour, branle-bas de combat. On tourne un film dans la maison d'en face. Des projecteurs éclairent la façade, plantés au milieu des arbres aux branches dénudées. L'hôtel particulier connaît un certain remue-ménage. L'équipe s'affaire dans tous les sens. Je distingue mal les allées et venues. J'entends des cris. Des ordres résonnent villa de la Réunion. Qui est le metteur en scène ? Les infirmières se perdent en conjectures.

Le lendemain, l'agitation continue. Renseignements pris, il s'agirait d'un *Fantômas* avec Helmut Berger pour la télévision. Ce farceur de Chabrol est à la caméra. Le troisième jour, silence radio. Fini. Terminé. Chabrol est parti sans demander son reste. Je n'ai jamais vu le téléfilm. Il semblerait que je n'aie rien perdu.

Je n'en mettrais pas ma main au feu, mais je crois bien qu'il était permis de fumer, dans cette chambre. Réfractaire au tabac, les cigarettes des autres ne m'ont jamais gêné. Je ne vois pas mon père obligé de sortir pour aller tirer sur sa Gauloise Filtre. Dans le couloir, sa toux de fumeur signalait son arrivée. Le cancer posait ses premiers pièges. Il finirait par avoir sa peau. C'est une autre histoire. Elle est aussi la mienne.

À force, je deviens un crack en anatomie. Il n'est pas donné à tout le monde d'être son propre objet d'étude. J'ignorais ce qu'était une malléole : il s'agit de l'os de la cheville, ce renflement qui peut être si émouvant chez certaines personnes (au moins, les acheteurs de ce livre n'auront pas complètement perdu leur temps et leur argent). T'as de belles malléoles, tu sais. Le calcanéum était pour moi du chinois. Il repose dans le talon. L'astragale, je sais ce que c'est à cause d'Albertine Sarrazin. La mienne n'est pas atteinte. Le pied est bloqué en équin, dans un angle qui doit voisiner les 20°. Une semelle sera nécessaire pour compenser avec l'autre jambe. Autre chose ? Je suis capable de faire la différence entre Bétadine et dakin.

Je me jure de ne plus jamais toucher un verre d'alcool. On a vu. J'allais dire : promesse d'ivrogne.

Comment boire autant que Blondin et écrire aussi bien que lui ? Voilà l'équation que nous avions eu longtemps à résoudre. Je crains que nous n'ayons accompli le premier exploit. Quant au second, cela reste à vérifier.

Cette mythologie de l'alcool ne nous lâchait pas. Nous avions essayé d'égaler Hemingway en allant à la feria de Pampelune. La terrasse de l'Iruña était bondée. Des orchestres jouaient dans les rues. Les bières pression n'avaient pas le même goût qu'ailleurs. Le vin blanc était presque vert. Nous dormions en plein air, au pied des remparts. Les voitures étaient des Mini, des R5, des Traction Avant. Au retour, une halte à Saint-Jean-de-Luz s'imposait. Nous nous affalions sur le sable, nos foulards rouges autour du cou, avec nos chemises blanches toutes froissées. « Ivres morts dans l'après-midi ». Personne n'avait réussi à se réveiller pour participer à l'encierro.

Cuit. Plié comme un cartable. Noir. Bourré. Beurré

comme un Petit Lu. Schlass. Gris. Saoul. Fait comme un rat. Paf. Raide mort. Rond comme une queue de pelle. Tous ces mots qui étaient là pour définir l'ivresse. Jadis, on disait : « Il est bu. » Il y avait aussi le geste : tourner le poing fermé devant son nez.

Je m'installe. J'en ai pour des mois. Autant se constituer un chez-soi. Une étagère accueille les livres qu'on m'apporte. Lirai-je *Guerre et Paix* ou *Anna Karénine* ? Avec ce temps devant moi, je peux venir à bout des *Deux Étendards*, le roman préféré de Mitterrand.

Il y a des rites. Il y a des lois. Tout est signe. La cérémonie est bien orchestrée. Il s'agit de se couler dans cet univers millimétré, de se glisser dans une routine nécessaire. Je tends l'oreille. Dans le couloir règne tantôt un fébrile brouhaha, tantôt une rumeur assourdie. Sur le sol, les semelles font un bruit de ventouses. Je finis par reconnaître les pas des unes et des autres. Le clac-clac de Mlle M. se distingue à des kilomètres. Ses collègues sont plus subreptices. Certaines traînent les pieds. Leur démarche trahit leur degré de vocation. Il y a des jours. Il y a des nuits. Le temps se confond. Je pense à un livre qui aurait commencé par « J'ai bien aimé la clinique ».

Merde, quoi encore ? Je dormais si bien, pourtant. On prend ma température, ma tension. Apparemment, ces tâches doivent être effectuées aux aurores. Pour le petit déjeuner, il faudra patienter. Le jour est gris et lointain. L'infirmière a oublié d'éteindre la lumière du cabinet de toilette. Je n'ose pas sonner pour la rappeler. J'essaie de fermer les yeux. Peine perdue.

La revoilà. Elle fait glisser la tablette mobile près du lit. Sur le plateau, il y a une cuvette d'eau tiède, le savon, un gant de toilette. La serviette est pliée en quatre. À moi de jouer. *Demerden Sie sich.*

Plus tard, elle m'apportera un verre, la brosse à dents et le dentifrice. Je recrache dans la cuvette. L'eau, déjà grise, devient mousseuse. Les ablutions sont succinctes. Je dois puer. Est-ce que je sens mauvais ? Si j'étais croyant, je prierais pour pouvoir prendre une douche ou un bain. Ça n'est pas pour tout de suite. Il faudrait un miracle.

La clinique ne m'a pas déplu. Je me sens comme Hugh Hefner dans sa *mansion* de Chicago. Le patron de *Playboy* recevait la terre entière en robe de chambre en soie rouge. Je fais encore mieux : je reste dans mon lit.

Dans mon cas, l'absence de playmates se fait cruellement sentir. Aucune blonde à forte poitrine ne frappe à la porte. Pour les bimbos outrageusement maquillées, on repassera. À défaut, je fantasme sur les infirmières.

Ma libido doit être au point mort. Je ne songe même pas à me masturber. D'ailleurs, si l'envie m'en prenait, je serais bien embêté, avec cette porte ouverte à tous les vents. La femme de ménage, bouche bée : « Oh ! excusez-moi ! » Je me vois, tiens, réclamant un Kleenex. Bizarrement, cette chasteté ne me pèse pas. Je n'ai pas la tête à ça. J'affronte une guerre sans nom.

J'aurais voulu pouvoir dire que j'étais seul et déprimé. J'étais entouré et inconscient. Me voiler la face constituait le plus sûr des boucliers. Il était inutile de s'interroger sur ce qui se passait au-delà des murs de cette chambre. Ce cocon m'abritait. Il serait bien temps, après, de réfléchir à tout ça.

Je n'éprouve plus aucune impatience. Une sorte de je-m'en-foutisme m'a envahi. Je suis en plein sursis. Je me souviens que dans mon enfance, mon père avait acheté en poche le roman de Sartre qui portait ce titre. Il m'avait expliqué ce que ce mot signifiait. La couverture était orange avec le dessin d'un homme mal rasé. Mon père avait pour habitude d'inscrire sur la page de garde son nom et la date à laquelle il s'était procuré le bouquin. Longtemps, je l'ai imité. Pourquoi cette manie a-t-elle cessé ? Sans doute parce que je suis devenu critique littéraire. Je reçois trop de livres.

Sursis : le terme était revenu à la mode au début des années soixante-dix. Michel Debré, qui était ministre de je ne sais plus quoi (Éducation ? Défense ?), avait envisagé de modifier les règles concernant le service militaire. Adieu le sursis pour les étudiants. Tollé général. Il y avait eu des manifestations de lycéens. Je ne participais pas aux défilés. À la place, j'étais allé voir *Quoi ?* de Roman Polanski. Aucune conscience politique. Désolé, dans mon panthéon, Sydne Rome détrônait Arlette Laguiller et Alain Krivine, leader de la Ligue communiste qui manipulait le mouvement en sous-main.

Victoire ! Une nuit, je réussis à me mettre sur le côté. Je suis Neil Armstrong plantant le drapeau américain sur la Lune. Jamais éprouvé un tel soulagement. Dormir ne constitue plus un exploit. Je me retrouve enfin.

Je suis un conscrit sans uniforme. Je crapahute sans bouger d'un centimètre. Le parcours du combattant se déroule à huis clos. Aucun camarade de chambrée, quel soulagement. Jouvenet est une caserne tout ce qu'il y a d'acceptable. Mes blessures me permettent d'être exempté. Jamais compris la différence entre « réformé » et « exempté ». Je me rendis compte que cette villégiature parmi les odeurs d'éther serait mon service militaire.

Celui de mon père avait duré dix-huit mois. C'était la guerre d'Algérie. Il avait fait ses classes à Montlhéry. Parmi les recrues, il y avait Jean-Louis Trintignant. Cela excitait beaucoup les bidasses. L'acteur avait à l'époque une liaison avec Brigitte Bardot. Pour les permissions, elle venait le chercher à la caserne. Les troufions se bousculaient pour apercevoir la star. Et ses fesses, ils les aimaient, ses fesses ?

Mon père avait été envoyé dans les Aurès. L'expérience dans la fournaise du djebel lui avait sans doute laissé de mauvais souvenirs puisqu'il ne l'évoquait jamais. Ma mère nous avait raconté qu'à son retour il faisait des cauchemars toutes les nuits. Qu'avait-il vu, là-bas ? L'avait-on obligé à participer à des exactions ? Une fois, une seule, il lâcha : « C'était quelque chose, de tomber sur le cadavre d'un copain égorgé avec les couilles dans la bouche. » Nous n'avions pas osé le questionner davantage. Sa théorie sur de Gaulle était que le Général avait abandonné la partie, dégoûté de ce que l'armée française avait été capable de commettre. L'homme du 18-Juin avait jeté le gant. Assez de dégueulasseries. Cette interprétation en vaut bien d'autres.

Je lui avais fait lire *Des feux mal éteints* de Philippe Labro. Le roman lui avait plu, mais son verdict s'accompagnait d'une nuance : travailler pour une station de radio à Alger n'était rien en comparaison de ce qu'il avait connu. Sa pudeur n'allait pas jusqu'à omettre de mentionner que l'uniforme en grosse laine kaki grattait horriblement, en plein été. De lui, j'ai hérité cette incapacité à porter autre chose que du coton. Dans ses armoires, les chemises s'entassaient par dizaines. Il fallait les laver avant de les enfiler une première fois. Cela rendait ma mère folle. Il y avait de ces drames. Du nylon se cachait souvent dans les coutures. La nouvelle acquisition était bonne pour la poubelle.

Évidemment, de mon côté, j'ai été exempté. Exempté ou réformé, je ne sais plus exactement.

Cloué à mon poste d'observation, je note les allées et venues. La ruche bourdonne. C'est un ballet incessant. Du couloir provient une odeur de désinfectant. Dans la chambre, cela sent le détergent. La salle de bains embaume le savon de Marseille, les produits d'entretien, un vague relent d'ammoniac. Aux alentours de midi, des vapeurs de cantine envahissent l'étage. Les assiettes se présentent sous des cloches transparentes munies d'un trou au milieu qui permet de les soulever. Les cuisiniers ne se fatiguent pas. La compote de pommes est souvent au menu. Les tartes sont aux poires, un brin sèches, à la croûte molle. Le fromage emballé n'a pas de goût. Le café, très américain, arrive à part, en dernier, dans une tasse en plastique blanc avec une anse à angle droit assez design.

En cas d'incendie, je me demande bien ce qui se passerait. Je ne donnerais pas cher de ma peau. Et le 111 ?

Merde, on a oublié le 111 ! Les flammes lécheraient les montants du lit. Le revêtement en caoutchouc se tordrait sous l'effet de la chaleur. Les draps s'embraseraient. Les vitres éclateraient. Je gueulerais comme un putois avant d'être étouffé par la fumée. Brûlé vif. Il ne manquerait plus que ça, tiens.

Prière de ne pas m'apporter de bouquets. Les fleurs étaient déconseillées : comme les enfants de moins de quinze ans, elles n'avaient pas le droit de pénétrer entre ces murs. Pas bien compris pourquoi. Tous ces parfums d'Arabie contrariaient les soins. Ils risquaient de masquer les odeurs d'éther. On me gavait de pâtes de fruits et de chocolat. Sur la table de chevet, le nouveau Supertramp résonnait dans le radiocassette noir. Le groupe venait de sortir son disque le plus célèbre, *Breakfast in America*.

Les amis défilaient. Je faisais bonne figure. Donner le change, tel était le secret. Pour un peu, c'est moi qui leur remontais le moral. J'évitais de me donner en spectacle. J'avais un avantage : je ne me voyais pas. Eux, les dégâts leur sautaient au visage. J'avais pris dix ans. Je n'allais pas leur infliger en prime une leçon d'anatomie. La douleur est un club privé. Elle ne me quitte pas d'une semelle. « Sois sage, ô… » Tais-toi, Baudelaire.

On m'endort. Je passe désormais ma vie à ça. Est-ce qu'on ronfle pendant une anesthésie générale ? Ils vous fourrent un truc en caoutchouc dans la bouche. C'est pour vous empêcher de mordre votre langue, quelque chose comme ça. Les électrochocs de Nicholson dans *Vol au-dessus d'un nid de coucou*. Dire que je trouvais sexy Miss Ratched, l'odieuse infirmière incarnée par Louise Fletcher.

Les descentes au bloc sont des tours de train fantôme. À chaque fois, même terreur, même sensation d'irréalité. La lumière est immense et sèche. L'anesthésiste parle et je n'écoute pas. Elle cherche la veine. J'observe le ballet des blouses blanches avant de larguer les amarres. Je pars à la dérive. Je n'ai même pas le temps de fermer les yeux. Salut la compagnie. Là-bas, l'horizon m'attend. Il est loin. Il est blanc. Les réveils sont toujours aussi compliqués. Je me sens agité de déchirements tectoniques. L'éternelle impression d'étouffer est là. Il y a cet inconnu qui à chaque fois essaie de me noyer. Qu'est-ce que je lui ai fait ?

Après, quelqu'un me racontera que les anesthésistes étaient toutes lesbiennes. Du moins, elles avaient cette réputation. D'où sortait cette histoire, encore ?

Autre chose. On m'affuble d'une talonnière garnie de fourrure pour éviter les escarres. Elle ne suffira pas. Je ne supporte rien. Il paraît que la goutte a des effets similaires. Malgré tous mes efforts, je n'ai toujours pas réussi à attraper cette inflammation. Plusieurs de mes amis n'ont pas eu cette chance. Martin Peltier était parfois obligé de venir au *Quotidien de Paris* en portant une charentaise volontairement trouée au niveau du gros orteil. Michel Déon évoquait avec des tremblements dans la voix ces nuits où il lui fallait appeler un médecin en urgence pour lui administrer la piqûre qui le soulagerait un peu. Il y avait ces déjeuners où Patrick Besson s'interdisait de prendre du vin blanc. Le fromage, les abats n'étaient pas non plus recommandés. Quelle vie !

Après tout, je n'étais pas si à plaindre.

C'est l'automne. Il fait roux. Tiens, voilà Vincent. Il a eu de mes nouvelles par Henri-Michel. Ils sont tous les deux marseillais. En juin dernier, Vincent avait cru bon de rester au café en face de son foyer, rue de Vaugirard, au lieu de se présenter à son oral de Sciences Po. Il avait bu du rosé toute la journée. Dans un état !

Était-ce lui dont la famille possédait une célèbre marque d'olives ? Je confonds sans doute. Il était toujours en blazer, avait de grosses lunettes et un petit rire saccadé qui imitait un hoquet. Nous avions partagé une petite amie, mais je crois qu'il n'était pas au courant. Pourvu qu'il ne lise pas ces lignes.

Vincent n'a jamais intégré la rue Saint-Guillaume. Pour draguer les filles, il leur offrait *Lettres à un jeune poète*.

Qu'est-il devenu ? Peut-être qu'il dirige un club de football dans le Midi, qu'il s'occupe de vin en Bourgogne, qu'il a ouvert une agence de publicité sur la Canebière. Ou alors il a fini victime d'un éthylisme de dimension interplanétaire.

En professionnel qui n'a pas besoin d'autre chose, il brandit les radios vers la lumière de la fenêtre. Sur les clichés, l'os est d'un blanc sale, couleur d'anis Seco. On distingue clairement le matériel.

– Je vais sortir quand, docteur ?

– Ah pfouh ! fait Judet en levant les deux bras et en soufflant.

Il est déjà parti. Je réalise que je ne vais pas sortir de l'auberge de sitôt. Je prends mon mal en patience. Au début, je comptais les semaines. Maintenant, ce sont les mois. Des années ? N'exagérons pas. Je m'enfonce dans mon lit de douleurs. Les draps ont une couleur de linceul, blanc cassé, un peu gris.

Un après-midi, un prêtre est passé. Il s'est excusé, a demandé gentiment si j'avais besoin de son secours. Ma mère était là. C'est elle, plus que moi, qui lui a dit : « Non, merci. » La foi l'avait abandonnée depuis une éternité. Pauvre gars. Il est reparti tout penaud. Il voulait peut-être me confesser, me procurer une part de réconfort. Je l'aurais écouté m'assurer que cette épreuve me serait bénéfique, que j'en sortirais grandi. Le même en mieux, quoi. Mais oui, mais oui. Il n'est jamais revenu.

Ce mic-mac. Un courrier est arrivé chez mes parents. L'armée française attend mon incorporation. Désolé, messieurs, mais j'ai déjà sauté sur une mine. J'ai des shrapnells plein la jambe. « *Missing in action* », disent les GI. Je ne connaîtrai pas les joies de la promiscuité, les marches dans le froid, la bière à 0 %. Les trois jours – l'expression « conseil de révision » n'avait plus cours – m'avaient suffi. C'était dans une caserne de Blois. Cela n'avait duré que vingt-quatre heures.

J'ai brillamment passé les tests des E.O.R., ce qui m'aurait permis d'avoir une chambre à moi (Virginia Woolf est priée de quitter ces lignes, *please*). Avec room service ?

Dans l'annuaire, je m'amuse à rechercher l'adresse des célébrités. Le bottin regorge de surprises. Il n'y a pas de liste rouge. Claude Chabrol habitait 49, boulevard du Château à Neuilly. Pascal Jardin, c'était 95, rue de la Faisanderie, dans le XVIe, pas si loin d'ici. De Jacques Laurent, je n'avais que le numéro de téléphone : LIT 10 63.

L'idée plut. Finalement, elle n'était pas si bonne. Je déconseillerai à quiconque de fêter l'arrivée du beaujolais nouveau dans une chambre de clinique. Qui avait apporté les bouteilles ? À tous les coups, le coupable s'appelle Vincent. C'est bien lui, ça. Quelqu'un s'était chargé des gobelets en plastique. Le vin était d'une écarlate presque noire. Il avait fallu demander un tire-bouchon à l'infirmière d'étage. Elle nous dépanna avec réticence. Quelle ambiance ! Elle contemplait toute cette jeunesse avec une mine indulgente et désolée. Elle avait sûrement deviné la suite des événements. Ça n'est pas la feria de Pampelune, mais presque. Il y a foule. L'assemblée se bouscule comme à l'encierro. On se croirait à la terrasse de l'Iruña. Il ne manque plus que les foulards rouges autour du cou. Quelqu'un ouvre un paquet de chips. Il y a aussi du saucisson. Nous avons réclamé d'autres verres. Cela crie. Cela trinque. Dehors, la nuit est tombée. Effusions et embrassades, les voix montaient dans les aigus. Le nom de Georges Dubœuf revenait dans les conversations. « Il fait un froid de gueux ! » disait Virginie qui avait le nez très rose. Les bruits de bouchons se succédaient. Le rouge coulait à flots. Le plateau du dîner surgit dans un brouhaha insensé. L'infirmière leva les yeux au ciel. Un zigoto lui proposa de goûter la cuvée 1978. Bientôt, ce fut le silence.

Quand je me réveille, il est dix heures du soir. Tout le monde est parti. Je suis allongé en travers de mon lit, la télévision allumée sans le son. La garde de nuit secoue la tête en constatant les dommages collatéraux. J'entends encore son « Tttt, ttt ».

Le lendemain, j'ai un mal de crâne carabiné. Ma bouche est pâteuse. Je me sens nul, vieux, minable. Cette gueule de bois n'était pas nécessaire. Qu'est-ce qu'il faudrait pour que je cesse un jour de faire des conneries ?

L'hiver arrive sans crier gare. Dehors, la neige tombe en silence. Ce sont des gros flocons, compacts et empressés. Ils se détachaient dans le faisceau des réverbères. Les arbres sans feuilles projetaient leur ombre morcelée. Ils blanchissaient. Le jardin s'offrait un manteau.

Le lendemain, plus rien. L'aide-soignante souleva le store. La neige n'avait pas tenu. Il ne faisait pas assez froid. La buée délavait la vitre. Le vent chahutait les branches les plus fines. La routine était revenue. Le parfum de Noël s'était fait la malle. La météo, cependant, ne me concernait guère. Elle ne modifiait pas les habitudes. Qu'il pleuve, qu'il vente, je ne bougeais pas de mon cocon, au chaud, préservé, ailleurs. Les autres pensaient déjà à leurs vacances à la montagne, se préparaient pour le ski. Ils partiraient pour leurs stations favorites, Tignes ou le Pas de la Case, discuteraient forfaits, godille, fixations. Je recevrais des cartes postales gribouillées de signatures, illustrées de pentes poudreuses, de téléphériques, de chalets en bois. Je m'imaginerais leur séjour à Luchon, leurs sorties en discothèque, leurs descentes sur des pistes noires. Ils mangeraient des crêpes en Moon Boots et boiraient du vin chaud, joueraient au Scrabble ou au Monopoly devant des feux de cheminée en écoutant *Da Ya Think I'm Sexy?* de Rod Stewart, s'entasseraient dans des lits superposés. Il leur faudrait équiper leurs pneus de chaînes. Les filles s'occuperaient de la cuisine. Les garçons se chargeaient des courses, ce qui leur permettrait de s'arrêter au bar. Le soir tomberait. Est-ce que je les enviais ? Je faisais la planche dans mon lit, tel était le sport que je pratiquais. Ils auraient bien raison de m'oublier. L'alcool ferait tourner les têtes. Ils danseraient des slows, commanderaient d'horribles whiskys-coca, d'épais Cuba libre. Rossignol, Salomon, Look Nevada, ces mots reviendraient dans les discussions. Ce langage m'était étranger, maintenant. Ma paire de Roc 550 resterait dans une penderie de Rambouillet. J'ignorais que je ne m'en resservirais plus jamais. Où sont-ils rangés ?

L'aide-soignante réapparut. Une aiguille s'enfonça dans ma fesse.

Pour Noël, je veux un Montblanc. Toujours snob. Tout ça parce que j'ai lu dans une interview que Pierre-Jean Remy écrivait avec ce stylo en résine noire.

Avec ça, je signerai des chefs-d'œuvre.

Je l'ai toujours. Il a gardé sa forme d'obus. Je ne m'en suis pour ainsi dire jamais servi. La plume bave. Je me mets de l'encre plein les doigts. Il m'a suivi dans mes multiples déménagements. Je ne sais pas comment j'ai réussi à ne pas le perdre. Mes alliances, par exemple, ne se sont pas gênées pour disparaître.

En cadeau, les parents d'Olivier, que je ne connais pas, m'envoient un album de Lucien Clergue. Ses photos illustrent *Amers* de Saint-John Perse. Il y a de l'écume et des vagues en noir et blanc. Je leur réponds par un pauvre mot de remerciement. Il ne correspond sûrement pas à la mesure de leur détresse.

Le professeur m'autorise à rentrer chez moi pour les fêtes. On me pousse dans un fauteuil roulant. Entre le hall et la voiture, le froid me saute aux joues. Cela fait des mois que je n'ai pas respiré à l'air libre. Grâce à des contorsions insensées, je m'allonge à l'arrière. Si je ne me retenais pas, je saluerais les passants avec ce petit geste de la main qu'a la reine d'Angleterre. Des paquets de neige fondent sur les bords de l'autoroute. C'est l'hiver. Le ciel est d'un blanc malade.

Je rouille sur place. Ils m'ont mis de la ferraille un peu partout. Des sensations fulgurantes me parcourent. Je me perds dans les limbes poussiéreux de la convalescence.

Les aides-soignantes témoignent d'une dextérité hors du commun pour changer les draps sans que je bouge du lit. Elles me roulent d'un côté, puis de l'autre, tirent sur le tissu de coton, lui en substituent un propre. C'est du travail de professionnel. Je suis un morceau de bidoche qu'on emballe dans un torchon.

La femme de ménage passe la serpillière. Elle donne des coups de balai dans les montants du lit. À chaque fois, cela déclenche une salve de douleur dans la jambe. J'ai l'impression qu'elle le fait exprès. Elle me regarde avec une lueur maligne dans l'œil. Je ne moufte pas. Sa serpillière ondule sur le linoléum bleu, humide, brillant. Il doit glisser comme une patinoire. La femme de ménage disparaît sans dire au revoir. Elle ne m'avait pas salué en entrant. Il y a une cohérence. Je ne peux pas la sentir. Laissez ma chambre en l'état, svp. Je me fous des microbes. Je ne sais pas si elle me nargue ou si pour elle je n'existe pas. Connasse, va.

Le temps est long. Il est lent. J'attends avec patience. Une rage étouffée bouillonne en moi. Je n'ai pas le droit de me plaindre. Un peu de décence.

L'armure dorée de la jeunesse s'est fendue. Des gouffres m'aspirent. J'en reviens lessivé. Tout s'écroule. Je restais sur le seuil de tout.

Je ne serai plus l'éternel vainqueur, l'arrogant crétin, l'irresponsable définitif. La chance m'était échue de droit divin. Terminée, cette aberration. Bienvenue dans le concret. La fumisterie subit un arrêt brutal. On ne rigole plus. L'avenir ne m'intéresse pas. Hier me suffit.

On y entre comme dans un moulin. Ma chambre ne désemplit pas. La porte n'a pas de serrure. Un groom se charge de la refermer, dans un soupir pneumatique. Le rebord en caoutchouc amortit les chocs. Il y a du monde partout. Mes amis s'asseyent sur un coin du lit, restent debout contre un mur, s'accroupissent par terre.

Coupé de la vie réelle, je n'en ai d'échos que par ce que m'en disent mes visiteurs.

Devant eux, je plaisante, minimise la débâcle. Cet exercice est épuisant. On s'y use. On y vieillit. Sauver les apparences ne va pas de soi.

Certains visages se ferment. Les regards se détournent. Ils ne s'attendaient pas à ça. Les illusions s'éteignaient doucement. Merde, c'est si grave que ça. On fera comme si. Nul n'en parle. On aborde d'autres sujets. Il y a toujours ces parties de Scrabble chez Philippe après le resto U de la rue de Vaugirard ? Est-ce que le Bus Palladium est toujours gratuit pour les filles le mardi ? Stéphane a encore pris un râteau. Hervé a une vieille Sunbeam bleu ciel qui a la gentillesse de démarrer une fois sur deux et qui passe la plupart de ses loisirs chez le garagiste. La Honda de Denis est tombée en panne d'essence à trois heures du matin au milieu des Champs-Élysées. Jean-François s'est fait voler son Solex. André a organisé un dîner pour son anniversaire au Bistrot de Paris. C'est idiot, il aurait dû en parler à Étienne qui a été pensionnaire au Caousou avec le fils de Michel Oliver. Quelqu'un rappelle que *Le Quotidien de Paris* s'est sabordé au printemps dernier avec la manchette : « Silence, on coule ». Sophie déroule le programme des soirées à venir. Qui veut l'accompagner chez ses cousins avenue Montaigne ? Édouard n'a pas de smoking. Robert lui en prêtera un. Chez Castel, samedi dernier, après un match du tournoi des Cinq Nations, Bernard s'est fait passer pour un joueur du XV de France, ce qui lui a permis de coucher avec deux filles à la fois. Les malheureuses n'ont pas compris ce qui leur arrivait. Il y en a qui adorent *Grease*, d'autres qui détestent. Il est tard. Il faut y aller. Ils filent avaler un hamburger au McDonald's du haut de la rue Monsieur-le-Prince. Je les envie. Bande de salauds. Moi, j'aurai mon potage et ma tranche de jambon. Une tenace odeur de ketchup me saute aux narines.

Les jours d'affluence, ils étaient obligés de rester debout. L'unique fauteuil était réservé aux dames. Ils parlent entre eux, oublient ma présence. Dites, ne vous gênez pas, surtout. Une Marseillaise venait avec son chapeau vaste comme une soucoupe volante. Elle disait souvent « tintinnabuler ». Son accent ne trahissait absolument pas son origine. Elle avait un visage rectangulaire et des cheveux longs comme un dimanche d'hiver. C'était la sœur de quelqu'un. Il y avait beaucoup de sœurs, à Paris, dans les années soixante-dix et quelques.

Ils rigolaient. Ils se foutaient de moi, me jetaient des œillades concupiscentes dès qu'une infirmière entrait. Les plus timides d'entre elles rougissaient. Les délurées souriaient. Philippe avait apporté du chablis et demandait si on pouvait garder la bouteille au frigo. Il faudrait un tire-bouchon, aussi. Ça sera tout ? Des gobelets en plastique étaient prévus. Ils me décrivaient les concerts au Pavillon de Paris ou au Gibus. Les rendez-vous avaient souvent lieu chez le caviste de la rue du Cherche-Midi, en face de chez Poilâne. Je crois que l'endroit s'appelait le Petit Bacchus, mais je n'en mettrais pas ma main au feu. Il y avait le Père tranquille, à côté de la gare Montparnasse, où le patron refusait de servir des sandwiches. Il exigeait qu'on commande des casse-croûte. Je vivais tout cela par procuration. Je m'étais habitué à ces événements au conditionnel passé. Ils m'apportaient des nouvelles du monde. C'était un réconfort. Ils m'empêchaient de me racornir. Paris continuait sans moi. Bientôt, il aurait affaire à moi. On verrait ça, alors.

Henri-Michel finirait préfet. Philippe effectuerait sa coopération à Agadir avant d'ouvrir son cabinet d'architecture à Toulouse. S. vivait de ses rentes. Il serait témoin de mon premier mariage, avant de se fâcher pour rien.

Nous nous sentions tristement orphelins, coupables d'une chose que nous n'osions pas nommer. Notre furieuse insouciance s'était évaporée dans la nuit espagnole. Sans prévenir, notre jeunesse arrivait à bout de course. Des anges passaient. Nous évitions l'essentiel. Ils me racontaient leurs soirées, leurs vacances, tout ce que j'avais raté. J'écoutais en silence. Les pansements interrompaient la récréation.

Soudain, une infirmière flanque tout le monde à la porte. C'est l'heure des soins. Ce silence est presque un soulagement.

Personne n'était marié. Le mariage était ce continent lointain, non catalogué sur nos cartes mentales. Pour nous, il était synonyme de soirées au cours desquelles nous avalions deux ou trois cents verres d'affilée en enchaînant les danses avec des partenaires qui refusaient d'aller au-delà d'un rock ou d'un slow. Toutes ces unions qui étaient vouées à se casser la gueule.

Quand même, j'aurais voulu que de grandes histoires d'amour naissent entre ces quatre murs. Que des amis que j'aurais présentés tombent dans les bras l'un de l'autre en quittant la clinique. J'avais le super-pouvoir de former des couples inédits. J'orchestrerais les rencontres, très Madame Desachy. Il y avait cette fille, cousine de je ne sais plus qui, qui avait annulé son mariage la veille de la noce. Il fallait être gonflée. Oui, si untel avait succombé au charme d'unetelle, qu'est-ce que ç'aurait été bien ! Au début, ils auraient caché leur histoire. La vérité n'aurait pas tardé à apparaître. On les aurait moins vus. Certains auraient été jaloux de ce bonheur naissant. Ma tête s'échauffait. À défaut de vivre des romances enflammées, j'en inventais pour mon entourage. Mes efforts ne valaient rien. Ils n'avaient pas besoin de moi. Hélas, en plus, tout le monde se connaît. Tout le monde est déjà plus ou moins sorti ensemble. Mes ambitions tombaient à l'eau. Je remisais mes pauvres projets. Comme entremetteur, j'étais nul.

Maintenant, c'est l'heure des soins. La chose n'est pas pour les âmes sensibles. C'est un spectacle aussi peu ragoûtant que les toilettes hommes d'une discothèque à trois heures du matin. Pendant que les infirmières s'affairent sur mon membre inférieur, je détourne la tête. Assez vu ce paysage lunaire, cette jambe en lambeaux, ces chairs rougies, gonflées, ce creux bizarre où l'on distingue l'os, au fond. Je ne me plaignais pas. Je n'allais pas devenir un expert en lamentations. Ils attendaient dans le couloir, descendaient fumer dans la cour.

On a de ces loisirs. Dans un magazine féminin, je repère un buste de Beethoven en plâtre. Ma mère me tend l'objet le week-end suivant. Elle a dû faire plusieurs boutiques pour mettre la main dessus. Je l'ai toujours. Le compositeur a pris une teinte un peu grisâtre, mais gardé ses dents serrées, sa moue boudeuse. De multiples déménagements n'ont pas réussi à le casser. Beethoven, bah voyons ! Je me prends pour Alex dans *Orange mécanique*. Malcolm McDowell vénérait la *Neuvième Symphonie*. Ce cher Ludwig Van. Quand je pense que nous adorions ce film et qu'aujourd'hui je ne peux pas en supporter plus de vingt minutes. Je n'ai plus seize ans.

J'ai peur de me laisser aller. Le grand risque, c'est de s'habituer. La vie coule. Je repense à l'Espagne. J'ai peut-être failli y mourir, moi aussi, cette nuit-là. Un peu de moi est resté là-bas.

Les débuts d'après-midi sont calmes. Le déjeuner est déjà loin. La télévision est allumée, avec le son réglé au minimum. Danièle Gilbert avait-elle encore son émission ? Oui, bien sûr que oui, puisqu'elle avait été débarquée par Mitterrand en 1981 et qu'elle s'en était assez plainte. Un ragot assurait qu'elle avait été la maîtresse de Giscard. Il était sûrement infondé. Il ne suffisait pas d'être auvergnats pour coucher automatiquement ensemble. On prêtait aussi au président une liaison avec Sylvia Kristel. Marlène Jobert et Cathy Rosier s'ajoutaient à la liste. Que des actrices. Ça, on ne s'embêtait pas du côté de l'Élysée, durant ce septennat.

Sur l'écran, Patrick Hernandez se déhanche avec sa canne sur l'air de *Born to Be Alive*. Une toute jeune Madonna se dandine derrière lui. Personne ne se doute que cette silhouette anonyme va bientôt bouffer la planète entière. Dans mon lit, je m'énerve tout seul. Je ne peux pas blairer ce chanteur. Il paraît que son tube lui assure encore à ce jour des revenus confortables. Je lui préfère de loin Karen Cheryl, avec sa robe en lamé et ses danseurs à la mine béate. Elle changera de nom, deviendra animatrice de radio. *Sing to me*, Karen.

Bukowski se saoule en direct à « Apostrophes ». Il se penche en avant, soulève la jupe de Catherine Paysan, qui s'offusque : « C'est le pompon ! » Pivot jubile. Cavanna, faux rebelle, menace de lui casser la gueule. On exfiltre le clochard magnifique. Dans les couloirs de l'ORTF, l'Américain menacera un vigile d'un couteau. Depuis, la séquence repasse dans tous les bêtisiers.

Avec une exaltation toute lycéenne, je lis Guégan, Amette, Musso (Frédéric), Jean-Pierre Martinet, termine *Les Corps tranquilles*. Il y a aussi Henri Calet et Pierre Herbart. Mes visiteuses se pâmaient devant *Lettres à un jeune poète*. Luc Dietrich est en Folio. Une biographie de Maurice Sachs déclenche des cris d'orfraie chez les intellectuels. *Diane Lanster* décroche l'Interallié. Jean-Didier Wolfromm y romance sa polio et sa maladie de peau. Le héros qui se déplace difficilement étudie aux Arts-Déco et tombe amoureux de cette Diane qui est sa troisième canne. Il y a une scène dans les jardins du Palais-Royal où le narrateur se sert des chaises en métal pour avancer. Je suis tellement inconscient que pas une seconde je ne me dis : voilà ce qui m'attend. Je m'attelle à des monuments, *Belle du Seigneur* et *Les Deux Étendards*. J'enchaîne avec *Anna Karénine*. Où sont passés les deux volumes du Livre de Poche avec la photo d'une demoiselle brune sur la couverture ? Mon *Guerre et Paix* aussi s'est volatilisé. Une malédiction Tolstoï pèse sur ma bibliothèque. BHL squatte toutes les émissions pour promouvoir *Le Testament de Dieu*. Katherine Pancol publie son premier roman au titre en forme de cri du cœur, *Moi d'abord*. Mon frère m'apporte les Mémoires de Lauren Bacall décidacés par l'actrice : elle signait chez Delamain.

Je lis comme un ogre dévore ses enfants. Yourcenar

est à la mode. On ne jure que par elle. Il paraît que l'Académie lui fait les yeux doux. Je n'ose pas avouer que *Souvenirs pieux* et *Archives du Nord* me tombent des mains. Je préfère la sécheresse du *Coup de grâce*, en partie à cause du film dont le scénario est de Geneviève Dormann. Jean Rhys bat à plates coutures la Belge qui grave ses paragraphes dans le marbre de Mount Desert, l'île où elle s'est retirée. Les journalistes se bousculaient pour aller l'interviewer. Elle les mettait à la porte.

Une tante m'a récupéré un exemplaire des *Petits Malins* dans les caves d'un éditeur passage Dauphine. Pascal Jardin a rayé ce titre de ses œuvres complètes. Il a eu tort. Sur la quatrième de couverture, il avait écrit : « Dans Shakespeare aussi, il y a des morts. »

Mon premier article est sorti dans *Pariscope*. Je peux encore le réciter par cœur. Il y en aura des milliers d'autres. Ceux-là, je les ai tous oubliés.

J'ai des faims de loup. Ma mère m'apporte des maquereaux au vin blanc, des Car en Sac, des éclairs au café. À chaque fois, elle prend le train Rambouillet-Montparnasse, puis monte dans un bus qui l'amène boulevard Exelmans. Je ne connais pas du tout cette partie de Paris. Rue Jouvenet, personne de normal n'est capable de situer cette adresse. J'apprendrai plus tard que le journal *Combat* avait ses locaux dans les parages.

Le cinéma me manque. Le mercredi, j'épluche les programmes de la capitale. Tous ces films qui me passent sous le nez. J'enrage. Dire que *Voyage au bout de l'enfer* s'affiche sur les Champs-Élysées et que je dois me contenter des « Dossiers de l'écran » à la télévision. Sautet aurait pu me demander la permission de sortir *Une histoire simple*. Ça n'étaient pas des façons. C'était quand même navrant de rater *Série noire*. L'extrait où Dewaere se frappe le crâne sur le toit d'une voiture donnait envie. Les bandes-annonces me narguaient. *Sonate d'automne* attendrait mon rétablissement. J'aurais bien aimé vérifier quel rôle jouait Marthe Keller dans *Fedora*, constater que Stallone ne décevait pas dans *F.I.S.T.* Apparemment, avec *L'Amour en fuite*, Truffaut ne s'était pas foulé. Et Adjani, qu'était-elle allée faire dans *Driver* ? *Grease* et le *Molière* d'Ariane Mnouchkine se passeraient de moi. Je n'en ferai pas un drame.

La nuit, dans le couloir, les veilleuses montaient la garde. Elles devaient être d'un bleu transparent. La vie s'arrêtait. Au-dessus des portes, la lumière rouge clignotait. Un des hospitalisés se sentait mal. Les infirmières étaient un peu les cousines des hôtesses de l'air. Leurs jambes oscillaient autour du lit. On aurait dit une scène de film. Dans *L'homme qui aimait les femmes*, Charles Denner, qui est à l'hôpital, meurt en essayant de toucher la cuisse d'une soignante. Il se penche un peu trop et bam. Quelle belle fin ! À mon enterrement, il y aura sûrement beaucoup moins de femmes en larmes qu'à celui du héros. Il s'appelait quelque chose comme Morane. Son prénom m'échappe. En revanche, je connais sur le bout des doigts la formule : « Les jambes des femmes sont des compas qui arpentent le globe terrestre en tous sens, lui donnant son équilibre et son harmonie. »

Il paraît qu'on n'a plus le droit de dire ça (2024). Le film de Truffaut est étiqueté misogyne. Allons bon. Sur Amazon, le DVD est indisponible. Une fois de plus, une fois encore, je n'arrive pas à dormir. Je mets la radio en sourdine. Sur Europe 1, une animatrice annonce qu'une boîte vient d'ouvrir rue du Bourg-l'Abbé. Elle prédit que les Bains Douches vont détrôner le Palace. La suite ne lui donnera pas tort.

La veuve d'Olivier m'apporte une reproduction de Pierre-Yves Trémois. Le dessin représente un homme nu en position fœtale. Des petits malins prétendent que je lui ressemble. Et puis quoi encore ? Ça n'est pas demain la veille que je réussirai à me rouler en boule. Un cadre rouge l'entoure. Quel symbole faut-il y déceler ? Des lignes et des courbes pourraient évoquer les signes du zodiaque. L'ésotérisme n'est pas mon fort. L'artiste a illustré des œuvres de Nietzsche, Montherlant, Jouhandeau, Suarès.

À côté, trône une affiche pour une exposition de David Hockney à la galerie Claude Bernard, « 15 avril-24 mai ». Le modèle est un moustachu arborant une souple cravate zébrée de bleu, enfoncé dans un fauteuil. On ne remarque pas tout de suite qu'il porte un bermuda blanc. Il tient un livre à la main. J'ai longtemps cru qu'il s'agissait d'Yves Navarre. C'était une erreur : le garçon est Jacques de Bascher dont je n'avais jamais entendu parler. Qui donc m'avait offert ce truc-là ?

Je ne sais pas ce qu'il est devenu. Où est passé le Trémois ?

Quand même, un type à poil et un homosexuel décadent auront été mes compagnons durant des mois et des mois. Pas étonnant, dans ces conditions, que les infirmières soient restées insensibles à mon charme.

N'empêche, je mangerais bien des cornichons, moi, tiens. Aucune tenue.

Je vis par procuration. Tout ce qui se passe en dehors de cette chambre appartient à la fiction. On pourrait me raconter n'importe quoi, je le croirais. J'ai des nouvelles de tout le monde. La chambre bruisse de rumeurs. Je suis tout ouïe. Après HEC, Roger avait attrapé le paludisme durant sa coopération. Blaise était tout fier : ses parents lui avaient acheté la même Alfa Roméo que Dustin Hoffman dans *Le Lauréat*. Il jouait les Benjamin Braddock. Ça n'était pourtant pas demain la veille qu'il nous ramènerait une Katharine Ross. Bruno revenait du Venezuela où il avait effectué un stage dans une banque. Véronique s'était fait refaire le nez. Elle commençait à travailler dans le cinéma. Les deux événements n'étaient pas forcément liés. Son nom apparaîtrait quelque part au générique de *Buffet froid*. Un pansement blanc en forme de croix lui masquait à moitié le visage. Les filles se mettaient à la chirurgie esthétique. Côté scalpel, j'avais déjà ce qu'il fallait. Gladys avait abandonné Sciences Po au milieu de sa première année pour vendre des encyclopédies au porte-à-porte sur la Côte d'Azur. Gabrielle était snob et mal élevée. Elle avait une Coccinelle décapotable qui impressionnait le reste des troupes et qu'elle avait la flemme d'aller récupérer à la fourrière. Les amendes s'accumulaient. Gilles avait épousé une Japonaise. On ne l'a plus revu. Sophie voulait se lancer dans la peinture. À la place, elle a ouvert une maison d'hôtes dans le Gers. Sa sœur était partie pour Londres, dans le vague espoir d'entamer une carrière de mannequin. On a prétendu qu'elle avait eu une liaison avec Eric Clapton. Le guitariste avait-il été séduit par son accent du Sud-Ouest ? Maryvonne était la seule à s'appeler Maryvonne. Les conversations se brouillaient comme des messages de Radio Londres. Marie détaillait la recette du bœuf Wellington. Elle expliquait qu'on n'en trouvait dans aucun restaurant à Paris. Astrid sortait de chez le coiffeur. Ses cheveux cendrés étaient coupés au bol. Elle avait encore raté ses partiels. Une Grecque que j'avais oubliée racontait que j'avais demandé sa main. Pourquoi une femme avec laquelle je n'avais pas couché dirait-elle du mal de moi ? Une autre aurait affirmé être tombée enceinte de moi et avoir avorté contre son gré. Et puis quoi, encore ? Nous échangions des conneries de haute volée.

Je repense à tout cela. Ces jours m'échappent. Cela revient par bribes. Mon passé a été vendu par appartements. Mes souvenirs ont été mis aux enchères à la bougie. On dirait qu'une divinité perverse essaie de souffler dessus. Cette mémoire à la découpe sera mon terreau pour la suite.

Une dame passe avec un chariot encombré de livres, une bibliothèque ambulante, sur quatre roues. Ce sont des exemplaires reliés, recouverts de plastique transparent, comme les anciens manuels scolaires. Merci bien, j'ai déjà ce qu'il faut. En plus, j'ai toujours détesté ouvrir un livre que quelqu'un avait déjà tripoté.

Dans l'agenda que je tenais cette année-là, je tombe sur cette note : « Offrir un Burberry's à papa. » Je ne l'ai jamais fait. Encore un vœu pieux. Ils sont trop nombreux pour que je me permette de les récapituler.

Il y a aussi dans ce carnet de plastique bleu une longue liste de livres à se procurer – l'éditeur est indiqué entre parenthèses, après le titre (typique d'une vieille cuvée d'hypokhâgne). Piochons au hasard : *Vue imprenable* sur Folon, *Le Rivage des Syrtes*, *Nuits blanches* d'Helmut Newton, Jean Rhys. Au milieu de tout cela, se détachent un trente-trois-tours de Simon and Garfunkel, *Emmanuelle* de Guido Crepax ou *Unknown Session* de Duke Ellington (CBS).

Glissée sous le rabat, cette brève découpée dans un quotidien, intitulée « Pour créer un journal ». Je m'occupe comme je peux. Je me préparais sans doute à lancer une revue littéraire, vieille lubie que nous caressions, Henri-Michel et moi. L'article est précis. Quel parcours du combattant ! Il fallait un directeur de publication et un imprimeur. Ne pas oublier de mentionner la périodicité et le prix de vente. Étape obligatoire : contacter le service juridique et technique de l'information (63, rue de Varenne) qui fournira le dossier à remplir. La suite consiste à le confier au greffe du procureur de la République. Le dépôt légal est impératif. La touche finale est simple : joindre les PTT pour obtenir des tarifs postaux préférentiels. Ça sera tout ?

Nous contactons Geneviève Dormann. Son adresse figurait dans le bottin. La lettre se terminait par cette formule : « En espérant que le bateau ne laissera pas ce courrier sans réponse. » Un matin, le téléphone sonne. C'est elle. Elle a sa grosse voix de fumeuse, son rire de toile émeri. Je bafouille. Elle me dit des bêtises, promet que les béquilles seront pratiques pour draguer les filles.

« La prochaine fois, vous irez à vélo », conseille-t-elle avant de raccrocher.

Évidemment, notre revue ne vit jamais le jour.

Dans cet agenda 1979, les pages des six premiers mois sont muettes.

J'ai du temps libre à la tonne. Je m'attaque à de gros morceaux. Je lis des classiques. Dans *Elle*, un portrait de Pierre Bouteiller signale qu'il porte une montre Cartier. Je l'écoutais tous les matins. Sa façon de respecter un bref silence entre le prénom et le nom des chanteurs qu'il annonçait est inimitable. France Inter regorgeait de ces voix uniques : Chancel, Claude Villers qui n'hésitait pas à adopter comme titre pour son feuilleton délirant sur Hitler *Adolf ou le petit peintre viennois* (en fond sonore, quelqu'un ajoutait : « Avec du beurre ou de la confiture ? » Il fallait le faire), José Artur avec le si sensuel générique du « Pop Club ». Sur Europe 1, l'anglais approximatif de Gonzague Saint Bris lui faisait écorcher les titres des groupes britanniques.

Les radios diffusent *Breakfast in America*. Balavoine a son timbre de crécelle. Billy Joel chante les mérites d'un restaurant italien à New York dont il ne fournissait pas l'adresse. J'ai oublié qui avait eu le Renaudot. Pivot rend visite à Marcel Jouhandeau. Il va voir Simenon en Suisse. Je regarde ces émissions dans une sorte de brume, comme si j'avais échoué dans un aquarium. À « Apostrophes », Pascal Jardin présente *Le Nain jaune*. Je ne comprends rien à *La Vie mode d'emploi*. L'« Oulipo », *kezako* ?

Jean-Louis Bory vient de moins en moins souvent au « Masque et la Plume ». À chaque fois, un tonnerre d'applaudissements suit l'annonce de sa présence à la tribune. C'est dimanche. Le dîner a eu lieu depuis longtemps. Je raterai le début du film sur la première chaîne. La difficulté est de rester éveillé jusqu'au « Cinéma de minuit » que présente Patrick Brion avec sa voix d'outre-tombe et que Jacques Dutronc s'amuse à imiter dans ses interviews. Personne ne se doute que Bory est victime d'une solide dépression. Les cures de repos en clinique se prolongent. Pour sa dernière prestation à « Apostrophes », Pivot l'a invité pour son *Cambacérès* que Bory définit ainsi : « un Edgar Faure consolidé ». En terminale, j'avais envisagé de me lancer dans un essai sur lui. Le titre était déjà prêt : *Jean-Louis Bory ou les mots épars*. On l'a échappé belle. Bory n'aura pas de chance. Son suicide tombera le jour de la mort de John Wayne. Le combat était inégal.

Le bloc est au sous-sol. Un ascenseur m'y conduit. Le brancard brinquebale. Des portes s'ouvrent et se ferment. Les murs sont verts ; les murs sont jaunes. Des éraflures les marquent. Dans le labyrinthe des couloirs, les bouches d'aération soufflent du froid par bouffées. Les néons m'éblouissaient. Ils défilaient à l'envers. On m'emmène dans les entrailles de la terre. Toi qui entres ici, abandonne toute espérance.

Avant de m'injecter le pentothal, l'anesthésiste me dit que je ressemble à Jimmy Connors. Elle estime me faire un compliment. Je ne supporte pas ce joueur avec sa coupe au bol et sa tête d'abruti. Le produit agit. Je m'endors au son des balles de tennis. Elles imitent à la perfection le bruit des moniteurs en salle de réveil. Je pars dans un puits sans fond. J'ai vraiment cette tête-là ?

Un samedi après-midi, Jean-Marie Rouart et Gonzague Saint Bris passent me voir. Les infirmières sont excitées comme des puces. Elles n'arrêtent pas de demander si j'ai besoin de quelque chose. Rouart cite Luc Dietrich. Je décide de me procurer *Le Bonheur des tristes*. Nous parlons de Drieu la Rochelle et de Jean d'Ormesson. Saint Bris trouve que Sagan est beaucoup trop entourée de gens sans intérêt. De qui s'agit-il ? Chaque soir, j'écoute son émission sur Europe 1. Dans « Ligne ouverte », il reçoit des appels d'inconnus qui lui racontent leur vie, leurs espoirs, leurs échecs. Il les écoute avec une attention qui force le respect. Une

Gymnopédie de Satie accompagne le générique. Je ne peux pas entendre ces quelques notes sans repenser au *Feu follet*.

Je ne me rends pas compte de l'effort qu'ils ont dû fournir. Je leur gâche leur week-end. Ils avaient sûrement autre chose à faire que de se rendre au fin fond du XVIe pour réconforter un garçon qu'ils connaissaient à peine. L'année suivante, Jean-Marie Rouart me proposera de le rejoindre au service Culture du *Quotidien de Paris* que Philippe Tesson vient de relancer. Je me souviens de la première fois où je suis allé dans les bureaux avenue de la République. Rendez-vous avait été fixé à onze heures. J'étais en avance. J'avais attendu dans le café d'en face. Le juke-box passait *Video Killed the Radio Star*. Pourquoi cette chanson m'est-elle restée en mémoire ?

Le bloc était mon secret, ma cachette. Les choses sérieuses se passent au sous-sol, à l'abri des regards. J'y sombrais comme Alice se laissant glisser dans le vide, sa jupe s'évasant en corolle. Aucun pays des merveilles ne m'attendait. On m'avait juste affublé d'une charlotte pour protéger les cheveux. Le monte-charge descend avec des hoquets.

En position allongée, le monde prend d'autres perspectives. On n'en fait plus vraiment partie, perdu dans un charivari d'appareils et de chariots, de voix lointaines et étouffées, comme une B.O. soudain devenue folle.

Spectateur impuissant de mes sévices, je tords le cou pour deviner à quelle sauce je vais être mangé cette fois. Hochements de tête, clignements d'yeux, gestes calculés. Qu'est-ce qu'ils fabriquent ? Hé ho, je suis là !
Il y avait un sas. Il fallait attendre. La température était plus basse que dans les étages.

Pour les conseils, je n'ai besoin de personne. Ils pleuvent. On me parle de kinésithérapie, de rééducation. Doucement, dites, nous n'en sommes pas là. Les uns en tiennent pour de longues marches pieds nus dans le sable. Pour les autres, nager en piscine constitue la meilleure des panacées. Tous se veulent optimistes. Des exemples appuient leurs thèses. On me bombarde de noms propres, de numéros de téléphone. Je note, mais si, je note.
Je vous dis que j'écoute. Tout cela me semble bien loin, assez improbable. Je hochais la tête. Certes. Je ne disais rien.
Je n'aurai besoin de rien de tout ça. Juste de mes cannes anglaises.

Une escarre s'attaqua au talon. Escarre, le terme me fit sourire. Me revenait l'image de ma grand-mère maternelle qui se prénommait Paulette et ce jeu de mots idiot qui nous réjouissait, mon frère et moi, jadis : elle a des escarres, Paulette. Il n'y avait pas de quoi être fier. Par-dessus le marché, nous aurions été bien en peine d'expliquer ce qu'était une escarpolette. Toujours est-il qu'on m'enveloppa le talon d'une sorte de capuchon molletonné pour éviter que le bobo ne s'aggrave.

J'ai toujours un trou en bas de la jambe. On distingue l'os. Il est de ce blanc exagéré, d'un blanc de dentifrice. Autour, la chair est molle, rougeâtre. Un de mes copains tourne de l'œil en découvrant la chose. L'infirmière lui tend un sucre pour le requinquer. Il invoqua l'hypoglycémie. Pourtant, Hervé préparait l'internat. J'en conclus que la blessure n'était pas anodine. Je gardai ce diagnostic pour moi. Si ça se trouve, j'allais rester éternellement dans cette clinique perdue. « La maison du docteur Judet. » Plus tard, Hervé soignerait des enfants dans les endroits les plus hypothétiques de la planète. Une ONG voulut l'envoyer en Roumanie, après la chute de Ceausescu. La visite d'un orphelinat le découragea. Il revint en France. Pédiatre. « Là-bas, je soignais les enfants. Ici, je soigne les mères. » Voilà qui est assez bien résumé.

Belle mentalité. Il y a des jours où les visites me dérangent. Quelle ingratitude ! Je voudrais bien être un peu seul. La vérité : ce samedi-là, j'aurais préféré regarder le tournoi des Cinq Nations.

Du plus loin que je me souvienne (on dirait le début d'un roman de la rentrée), j'ai toujours éprouvé le besoin de m'isoler à un moment ou à un autre. C'est pour ça qu'à dix-huit ans, je n'avais pas supporté l'internat plus de quarante-huit heures.

J'ai hanté ces lieux pendant presque douze mois.

C'était peut-être moi le fantôme. Il est temps de chasser les spectres. Une part de moi-même a déserté ces instants que j'ai crus inoubliables. Le choc fut tel qu'il effaça l'événement. C'est le vide. J'ai du mal à expliquer ce trou noir. Personne ne peut comprendre. Il y a toujours un moment où l'on va m'interroger sur cette soirée fatale. Une gêne s'empare de la conversation. Bientôt, la nostalgie cédera la place au remords.

Cette chambre fut à la fois ma prison et mon royaume. J'étais ce petit monarque en blouse ouverte dans le dos, aux bras constellés d'aiguilles.

La guérison suivait son cours. Le calendrier jouait en ma faveur. Du courage, je ne sais pas si j'en ai eu. De la patience, il a bien fallu. La jambe dégonflait. En son bas, le trou rapetissait. Une greffe avait été nécessaire. On m'avait pris de la peau sur la cuisse. J'ai encore la trace des cicatrices. Il faut avoir l'œil, mais on distingue une petite zone plus pâle.

Hélène est brune. Elle a de longs cheveux, porte des jupes de gitane qui lui descendent jusqu'aux chevilles. Elle est veuve. Son mari a été écrasé par un train dans une gare de banlieue alors qu'il était descendu sur la voie pour sauver un chiot qui s'y était égaré. Elle en parle comme s'il était vivant. Je ne le connaissais pas. C'était une amie d'amis. Je l'écoutais réciter par cœur les paroles de *Je l'aime à mourir*. Je devinais à quoi elle pensait. Elle m'apprend à confectionner des expressos de fortune. Elle aurait dû faire breveter sa technique. Aujourd'hui, elle concurrencerait Nespresso. La méthode consiste à mettre dans la tasse du Nescafé, un demi-sucre, une goutte d'eau et à mélanger le tout avec une cuillère jusqu'à obtenir une bouillie foncée homogène et après, seulement après, à verser l'eau brûlante. Cela donne un liquide marron surmonté d'une éphémère couche de mousse. Le résultat est trompeur : pendant deux secondes on jurerait que le breuvage sort d'un percolateur. C'est à s'y méprendre. Au goût, la différence saute au palais. Il fallait boire ça en fermant les yeux à chaque gorgée, comme dans les publicités. Si je m'écoutais, j'imiterais plutôt le type de cette réclame pour la Heineken, au cinéma, qui se tournait vers le public en le narguant d'un « Vous aimez la bière ? ». Oui, tiens, je voudrais bien un demi. Avec des cacahuètes, comme sur le zinc. Ne rêvons pas.

Un jour, un jour enfin, je réussis à me lever. Cela nécessite des béquilles. Je boitille jusqu'à la salle de bains. Cela faisait des mois. Je scrute mon visage avec avidité. Qui est ce garçon ? Trois rides horizontales sont apparues sur le front. Elles n'étaient pas là avant. Je suis sûr qu'elles n'y étaient pas. Elles me donnent un air soucieux, concentré, qui ne me va pas du tout. Qu'est-ce qui est différent ? C'est comme si j'avais vieilli d'un coup. Ça n'est qu'un début. Ça, plus les cicatrices, je suis bien, moi, tiens. J'ai une grosse fermeture Éclair rose sur le flanc. La jambe, je préfère ne pas contempler le champ de bataille. Le pansement m'épargne le spectacle.

« On va aller au fauteuil, aujourd'hui. »

« On », c'est moi. Il faut que je m'habitue à ce qu'on parle de moi de manière détournée.

Assis, j'ai mal aux fesses au bout d'un quart d'heure. Je me tortille dans tous les sens. J'appelle pour qu'on me recouche. L'expérience n'est pas brillante.

Lève-toi et marche. Ils sont marrants, eux. Cela prendra des mois. Je voudrais les y voir. La reconstruction s'effectue à tâtons. Tout cela ne sera pas une sinécure. Les mouvements les plus familiers sont à réapprendre. Premier temps : s'asseoir au bord du lit. Cela provoque des vertiges. Je m'agrippe au perroquet qui pend au-dessus des oreillers. Pour atteindre le fauteuil près de la fenêtre, il faut traverser un océan. Il n'est qu'à un mètre, pourtant. Je serre les dents. La tête me tourne. Le kiné s'empare de mon bras. Je m'accroche à lui comme à une bouée. Il m'informe que je ne devrais pas tarder à porter des leggings. Je lui réponds : « Ce sera l'élégance. » Il m'arrête net : « Non, les leggings ! » Il me lâche. C'est trop bête. C'est trop tôt. Je resserre la ceinture de ma robe de chambre bordeaux. En dessous, je n'ai que cette blouse qui arrive au milieu des fesses. Un peu de décence. Il est temps.

Je tiens vaguement debout. Mon pied droit ne quitte pas le sol. Les distances sont à multiplier par dix, par cent. J'avance au ralenti, d'un pas mal assuré, tremblant. Il y a de légers progrès. Chaque mètre parcouru laborieusement réclame un effort, exige de la réflexion. Plus rien n'est naturel. Un pied, puis l'autre. Là, comme ça. Encore une fois. Allez. Demi-tour maintenant. Je m'aventurais en territoire ennemi. Dans le couloir, l'incertitude encombrait mes gestes. Les portes des chambres étaient fermées. Qui se cachait donc derrière ? Des accidentés souffraient dans leur coin. Les corps en mille morceaux tenaient à leur intimité. Leur solitude se barricadait, le regard aimanté par la télévision. La tête me tourne moins. C'est comme si une colonie de fourmis rouges me descendait dans la jambe. Des milliers de piqûres d'épingle. Cela grouille, sous la peau. Le sang dévale le tibia. Tout schuss. À chaque pas, une décharge se produit. Le legging pèse des tonnes. À l'intérieur, la cuisse est fine comme un coton-tige. Les muscles ont fondu. Je me laisse choir avec lenteur dans le fauteuil. Le but est d'y rester une heure. La mécanique reprenait le dessus. Le supplice s'allégeait.

Bientôt, l'aventure. Mes jambes me portent à peine, mais quelle délivrance ! Il y a ce tremblement dans les genoux, le sang qui dégringole jusqu'au talon. Cela produit toujours cet étrange picotement. Je vais jusqu'au cabinet de toilette. Je dépose les béquilles dans un coin. Je réussis à pisser debout. La victoire n'est pas mince. Il faudrait prévenir l'AFP : « Éric Neuhoff peut enfin pisser tout seul. » Version Radio Londres : « Je répète, le malade fait pipi debout. » Mes mains s'accrochent au lavabo. Sur la tablette en verre, un flacon d'after-shave, la brosse à dents dans son gobelet. Dans la glace, un inconnu. J'ahane jusqu'à la porte. Le couloir me semble interminable, aussi long qu'un travelling dans le château de Marienbad. Je m'arrête pour reprendre mon souffle. J'ai enfilé une robe de chambre. Je n'allais pas montrer mes fesses à la compagnie. Tout au bout, je découvre la cuisine minuscule. Les infirmières bavardent en buvant du café soluble. Un mètre après l'autre. Allez, encore un mètre. J'en bave. Ça, j'en bave. Je ne sais pas que j'oublierai tout ça.

L'été approche. Je m'en vais. Ça y est. On lève le camp. Judet me fiche à la porte. « Il va devenir fou ! » avait-il dit à mes parents. J'accueille la nouvelle sans enthousiasme excessif. Si je m'écoutais, je resterais bien là encore des mois. C'est chez moi, la chambre 111. Qu'est-ce qui m'attend dehors ?

J'ai tellement grossi que je ne rentre plus dans le jean que j'avais avant l'accident. En un an, les kilos se sont accumulés. Je suis obligé d'enfiler une robe de chambre pour masquer mon pantalon impossible à boutonner. Une nouvelle garde-robe s'impose. Quel tintouin ! Cela faisait une éternité que je n'avais plus à me soucier de ces détails. Mes affaires tiennent dans une valise. Je salue tout l'étage. Le couloir n'en finit pas. Je pense à la séquence d'*Alphaville* où Eddie Constantine en imperméable et coiffé d'un feutre ouvre et ferme une série de portes. J'avance d'une démarche mal assurée, sur un pied, muni de mes cannes anglaises. Je ne le dis pas, mais je crains un peu d'affronter l'extérieur. Je n'ai plus l'habitude. Tout risque d'être menaçant. Me guette un univers de surprises et de dangers. Les adieux oublient d'être déchirants. Tout le monde vient dire au revoir. Mlle M. dit : « Je vous embrasse. » Elle joint le geste à la parole. Ma seule hantise est que quelqu'un remarque ma braguette béante. J'ai engraissé comme un petit veau sous la mère. Judet n'était pas là. Il m'aurait sûrement botté le train pour que je déguerpisse plus vite que ça. Il n'y avait que des femmes. Je les ai toutes remerciées. En robe bleu ciel et en tablier blanc, elles buvaient du café instantané dans le local qui leur servait de refuge, aux murs garnis d'armoires à pharmacie transparentes. Elles se sont levées à tour de rôle. Même l'horrible femme de ménage qui donnait des coups de balai dans les montants du lit avait l'air presque émue. Je ne suis pas très curieux de nature. J'aurai dû leur demander leur prénom dès le départ. Cela aurait peut-être créé du lien, comme on ne disait pas encore. Il n'était pas question de « vivre-ensemble » en 1970 et quelques, et ça n'était pas plus mal.

Un an, putain. Une année passée au compte-gouttes, sans études, sans vacances, sans soirées, sans filles et sans alcool (exception faite, on l'a vu, pour le beaujolais nouveau : on ne m'y reprendra plus). Douze mois où le temps s'était arrêté. Cela aurait pu continuer encore des lustres. J'étais l'Oblomov de Jouvenet.

Je pars. Ça y est, je suis parti. L'humeur était au beau fixe. La quille, bordel !

Évidemment, il faisait très beau. Bleu, le ciel. C'était une de ces journées transparentes où le soleil se croit tout permis.

Mon père portait ma valise. Elle ne contenait pas grand-chose, à part des livres et un poste de radio.

Je me suis installé sur la banquette arrière, la jambe gauche à l'horizontale. Quelle voiture avait mon père à cette époque ? Était-ce la 604 ? Roulait-il déjà en BMW ? Pendant une éternité, mon père se vantait de ne conduire que des voitures françaises, des Peugeot, des Citroën. Un jour, il était passé à l'ennemi. On n'a jamais su pourquoi. Le XVIe défile derrière la vitre. Le paysage me paraît nouveau, inédit. La vie avait continué sans moi. Quel culot. Les feux de circulation passent au vert. L'ouest de la capitale défile sous mon œil ébloui. Boulevard Exelmans, un labrador trottinait sur les clous, suivi de son maître en Lacoste. Mon père ralentissait à l'orange. Il s'inquiétait de mon confort, actionnait le fume-cigarette. Il me parlait de profil. L'avenue de Versailles s'étire comme un chewing-gum. Je repère, sur la droite, un restaurant asiatique. À peine le temps de déchiffrer son enseigne, la Baie d'Along, quelque chose comme ça. En ce jour de fête, tout m'enchante. J'ai envie de restaurants avec des nappes à carreaux, de fruits de mer au comptoir, de mauvais vin pétillant italien, de boire jusqu'au-delà de la fatigue. Je voulais des filles délicates et souriantes, aux bras nus et bronzés, avec des lèvres humides et roses. Vieux cochon, va. Goinfre. Je voulais des boîtes de nuit aux murs laqués noirs, une piste remplie de danseuses farouches et anonymes, des bouteilles vides cul par-dessus tête dans des seaux à glace. À un carrefour, un taxi charge une dame avec un chapeau de paille. Quelle adresse donne-t-elle au chauffeur ? Elle va sans doute rejoindre un amant. Qu'est-ce que je vais encore inventer ? Nous ne sommes pas dans un film de Claude Lelouch. Le taxi déboîte. Une R5 le klaxonne. Au-dessus d'une pharmacie, la croix verte clignote. Je respire profondément. Il y a trop d'oxygène autour de moi. Voici la porte de Saint-Cloud, le Parc des Princes. Il ne reste qu'à traverser la place, s'engager sur un bout de périphérique. Devant nous, une vieille Fiat crache de la fumée. Mon père emprunte la file de gauche, dépasse un tas de véhicules. Bientôt, c'est le pont en courbe qu'il surnomme « le macaroni » à cause de sa forme. Le tunnel, maintenant. On fonce sur la voie de gauche. Où allaient toutes ces voitures ? Les conducteurs ne savaient donc pas que je reprenais du service ? Je suis un dignitaire étranger en visite officielle. Une haie d'honneur devrait accompagner ma sortie. Hélas, aucun drapeau ne s'agite sur le bas-côté. Cela commence. Le dehors m'inquiète. Je pensais m'y jeter avec frénésie. Je pressens des ennuis en cascade. Je suis devenu un petit vieux. Il va falloir apprendre à rajeunir. Je me prélassais dans du coton. Il y a trop d'air, soudain… Mes poumons ne sont plus habitués. Comment retrouver le rythme de la vie ? C'est assommant. Il n'y aurait plus d'infirmières pour s'occuper de tous ces détails domestiques, quotidiens. La vraie vie est mal faite. Et si je retournais à Jouvenet ?

Mais non. Le calvaire tire à sa fin. Je renverse la tête en arrière et contemple le carré du ciel encadré par la lunette. La suite de mes réflexions tourna court. Nous étions arrivés. C'était Rambouillet, le rassurant, le brave Rambouillet, la maison en pierres de taille, avec son perron. La porte s'ouvrit. Le chien tirait la langue. Ses griffes émettaient un cliquetis de dactylo sur le carrelage.

Mes parents habitent l'ancienne Banque de France. Les chambres sont à l'étage. Dans l'une d'entre elles, il y a un gros coffre-fort. Personne n'a jamais réussi à l'ouvrir. Il aurait fallu avoir la combinaison. J'occupe le salon. Je squatte le canapé de velours vert. Zembo me surveille. J'empiète sur son territoire. C'est un boxer, adopté dans un refuge des environs. Nous revenons de loin, tous les deux. Zembo se plante sous mon nez, s'attarde un instant à respirer l'air du jour. Je devrais le dresser pour qu'il me rapporte un livre, des journaux, une bouteille d'eau. Il s'attend à ce que je lui lance une balle. Tant pis, mon vieux. La maison n'a pas ça en magasin. Il s'habitue à ma présence. Le petit jeu d'intimidation n'a plus de raison d'être. Peu à peu, l'intrus se transforme en personnage familier. J'émets entre mes dents ce bruit caractéristique qu'on produit devant un chien, comme des cailloux qui s'entrechoquent. Tout d'un coup, il abandonnait son regard placide, se levait d'un air presque offusqué et partait s'allonger dans une autre pièce.

Une épaisse gaine en cuir renforcée d'armatures métalliques m'enserre la jambe gauche. Je n'ai besoin que d'une seule chaussure. Avec mes béquilles, je saute comme un cabri. S'il y avait cette discipline aux jeux Olympiques, je serais médaille d'or. Les escaliers n'ont plus de secret pour moi. Je contourne les chaises et les tables, évite de trébucher sur le rebord des tapis, évolue en crabe dans les passages étroits.

L'été commence. On m'installe un transat dans le jardin. Je reprends des couleurs. Pour mon anniversaire, j'ai droit à mes premières Ray-Ban, ces lunettes dont étaient si fiers les aviateurs. Bizarrement, je les ai toujours. Je ne les mets jamais.

Good bye Jouvenet, donc. J'éprouve comme un grand vide. Je me plonge dans Félicien Marceau.

Pendant une éternité, la moitié de mon abdomen – la zone où l'on m'avait enlevé une côte – me fit l'effet d'être en bois. Les restes d'anesthésie avaient la peau dure. Je touchais ma chair étrangement insensible comme si j'approchais la main d'un animal assoupi que j'aurais eu peur de réveiller en sursaut.

La nuit, des mois et des mois d'obsessions entêtantes reviennent à la charge. Le sommeil est bref, perturbé de séquences à moitié imaginaires. Le cerveau menace d'imploser. Ces cauchemars cesseront-ils un jour ? Tantôt, c'est une mouette qui me dévore le doigt. Je bondis hors du lit, me tenant la main comme si elle était ensanglantée. Tantôt, un moniteur fou m'oblige à descendre une piste noire, avec ma cheville en capilotade. Le chien dort dans la cuisine. De quoi rêve-t-il, roulé en boule sur son tapis ?

Il y avait des moments où je me haïssais d'avoir survécu, luttant contre un immense sentiment de dégoût. À d'autres, j'envisageais l'avenir, plein d'espoir, terriblement humain. J'étais quelqu'un de neuf. On allait voir ce qu'on allait voir.

Bientôt, je haussais les épaules devant ce genre d'absurdités. Je faisais une croix sur le moindre projet. Le plus souvent, j'étais le spectateur passif de cette tragédie à l'horizontale.

Tout cela était arrivé à un autre. Les calmants allaient se dissiper et la vie reprendrait comme avant, gratuite, inutile, inchangée.

Les gens me disent que je dois me sentir libéré. Je ne sors pas de Fleury-Mérogis. Je n'étais pas si mal, à Jouvenet. Dehors, j'ai du mal à retrouver mes marques. C'est comme si je me remettais à parler une langue qui n'était plus tout à fait la mienne. Tout a l'air vierge. Ce qui ne l'est pas sent le réchauffé.

Donc, j'ai failli mourir. Il y a du rab. Reste à savoir ce que je vais en faire. Un brin de calcul. Je compte sur mes doigts. Vingt-trois ans, quasiment douze mois à l'hôpital et à la clinique : en gros, c'est comme si depuis ma naissance j'avais passé un jour sur vingt-deux retranché entre ces murs. Cela vaut tous les services militaires. Pire que le régime suisse. Pas question de rempiler. Adieu les amphithéâtres ; j'avais séché les cours de Censier, me métamorphosant en cobaye pour travaux pratiques à la faculté de médecine. Ce furent des vacances forcées, un Club Med à usage intime.

Ça, le petit con est bien content. Il s'en est sorti. Il est sauvé. Quelques séquelles, cependant. Arthrodèse de la cheville. Cela signifie : ne plus pouvoir courir (pour le sprint, on repassera : l'odeur de la cendrée n'est plus pour moi), tirer un trait sur les activités sportives (quand je ne me surveille pas, c'est un champion olympique qui s'empare de ma plume). Le ski, il n'en est même pas question. Le pied est bloqué selon un angle inhabituel. Impossible de porter des chaussures basses. Adieu les richelieus, les mocassins anglais. Clarks et boots de rigueur. À défaut de me mettre du plomb dans la cervelle, l'expérience m'a introduit du titane dans la jambe. La douleur se ravive lorsque le temps change. Elle n'y va pas de main morte. Je suis une vraie grenouille dans son bocal. Je peux prévoir la météo. Ce talent m'était inconnu. En quoi sont fabriquées les vis chirurgicales ? Elles sont massives, costaudes. Elles ont l'air d'avoir été achetées au sous-sol du BHV.

Qu'est-ce que je pourrais dire d'autre sur les douze mois qui viennent de s'écouler ? Ils ont compté double, comme les années de campagne pour les militaires. Donc, presque une année passa. J'étais là sans y être. La vie avait continué ailleurs. L'actualité appartenait à un domaine inaccessible, mystérieux, signalé par la menaçante pancarte « No trespassing » sur laquelle la caméra s'attarde au début de *Citizen Kane*. Jouvenet avait été mon Xanadu, le palais d'un triste prince déchu, privé de ses mouvements, interdit de cinéma, banni de ses soirées. Les événements extérieurs ne risquaient pas de m'atteindre. Je m'oublie. Je n'y suis plus pour personne.

J'avais reçu du courrier, beaucoup, des lettres et des lettres. La boîte dans laquelle je conservais toutes ces marques de réconfort a été perdue, avec le nombre de déménagements qui a suivi. Par instants, j'aimerais bien les relire. Je parierais que je n'identifierai pas certains expéditeurs. Est-ce que je leur avais répondu, au moins ?

J'aimerais pouvoir dire que cette expérience m'a enrichi. Je n'en suis pas sûr. Un autre s'en serait sorti avec les honneurs de la guerre, mûri, le poitrail bardé de médailles, suscitant un respect bien mérité. Il était écrit que je n'apprendrais rien. Jusque-là, j'étais un petit jeune homme timide au point d'en être tête à claques. Cette épreuve ne m'a pas apporté grand-chose. Elle m'a privé d'un ami et d'une aptitude au sprint, de cette prestance qui me ferait à jamais défaut. Tout cela, oui, m'avait vidé. Je sentais cette flétrissure au plus profond de moi. J'aurais dû déborder d'un appétit de mouvement, être prêt à mordre à pleines dents dans l'âge adulte avec tout ce qu'il avait d'inédit et de menaçant, me démener comme un beau diable pour rattraper tout ce temps perdu. C'était presque le contraire. Mon avenir s'effilochait par tous les bouts.

La leçon ? Quelle leçon ? Tout cela ne voulait rien dire. Aucun bienfait à en tirer. La mue ne s'était pas produite. Vieil enfant disloqué, j'avais appris que la vie est injuste. Je m'en doutais déjà vaguement.

J'avais survécu. J'étais plus ou moins passé entre les gouttes. Pas de gloire particulière. J'avais juste le sentiment d'être allé au bout de moi-même.

J'ai toujours mal. Je n'y prête plus attention. La douleur tutoie. Elle se croit chez elle. Au jeu du portrait chinois, à la question « Si c'était une dame ? », la réponse ne risquerait pas d'être « la baronne Staffe ». Le savoir-vivre lui est inconnu. Elle débarque sans prévenir, met les pieds sur la table avec la ferme intention de se goinfrer. Mission accomplie.

Handicapé. Infirme. Éclopé. Bancroche. Estropié. Le langage est vaste. À la liste a failli s'ajouter « amputé ».

Il conviendrait d'inscrire ces épithètes à la rubrique « Signes particuliers » de mon passeport.

Cette méchante affaire aurait dû faire de moi un être à part, un ressuscité, une sorte de chevalier revenu d'on ne sait quelles croisades. Il n'en a rien été, je crois. Les mêmes conneries ont continué. Les remords étaient là, enfouis au plus profond de ce que je n'oserais pas appeler mon âme. L'inconscience n'a toujours pas pris la poudre d'escampette. J'en conçus le plus vif dépit. Mon activité principale aura été de retenir le passé par les cheveux.

Et puis l'automne. Je me ruine en taxis. Paris est un Monopoly. La liberté me prend par surprise. Je suis un peu perdu. Il ne peut plus rien m'arriver. Je trotte sur mes béquilles. Je sors avec n'importe qui. Valérie m'emmène avec sa Fiat 500 en week-end dans la baie de Somme. Ses baisers avaient un goût de pluie qui s'accordait bien avec la Picardie. Je dors à droite et à gauche. Charlotte m'accueille un temps dans le XVIe. Elle était quelque chose dans une radio de la rue François-Ier. Je lui offrais des livres qu'elle ne lisait jamais. La musique, chez elle, était toujours beaucoup trop forte. La veuve d'Olivier m'héberge dans son dernier étage de la rue de Paradis. La rentrée littéraire s'agite. Jean-Pierre Enard publie *Photo de classe*. J'avais lu son roman sur Sartre. Weyergans sort *Berlin mer-*

credi. J'avais lu *Le Pitre*. *La Figurante* de Michel Butel avait une couverture bleue. *L'Autre Amour* était mieux. Bernard-Henri Lévy en avait dit du bien. J'ignorais alors que les deux hommes étaient amis. Je dévore toutes les critiques, suis les listes des meilleures ventes, ne rate pas une émission culturelle.

J'accompagne mon père au concert d'Oscar Peterson à la salle Pleyel. Dans le hall, je reconnais Pierre Bouteiller. Mon père me suggère de l'aborder. J'hésite deux secondes, avant de renoncer.

Je glisse sur des feuilles mortes. La béquille droite surfe sur le trottoir. Le vol plané fut comique à voir. Mes phalanges étaient tout écorchées. Des passants s'arrêtèrent, m'aidèrent à me relever. Ça va ? Oui, oui, ça allait.

Une autre fois, la béquille s'enfonça dans le trou d'une plaque d'égout. Mes doigts s'écrasèrent contre le dur métal en fonte. Je sortais du théâtre avec une amie. Ça n'était pas encore ce soir que je réussirais à coucher avec elle. Michel Bouquet jouait dans *No Man's Land* de Pinter. Qui était l'autre acteur, déjà ? Georges Wilson ? Je me souviens de la dernière scène, avec les murs qui se soulevaient, libérant par centaines une avalanche de bouteilles vides.

Pourtant, j'étais devenu imbattable. Je gravissais les escaliers comme un Zébulon monté sur ressorts, les descendais avec dextérité. C'était tout un art. Je volais de marche en marche. Dehors, je prenais mon élan comme un athlète du triple saut. Je me sentais fort, maintenant. Éric le Viking. Cette effervescence ne durait pas. Très vite, elle était submergée par les menus soucis, le sac en bandoulière qui entravait les mouvements, la béquille qui tombait quand je m'arrêtais, les contorsions obligatoires pour attraper une pièce dans la poche. Tout prenait un temps fou.

Bref retour en clinique. On m'enlève la plaque que j'avais dans le bras gauche. Je lis Benjamin Constant et *La Tête au néon* de Valérie Schlumberger.

De temps en temps, je faisais comme si j'avais tourné la page et surmonté toute cette tristesse. Ça n'était pas vrai. Je ne l'ai jamais surmontée.

L'expérience m'avait lessivé. Quelques plaies, des kilomètres de cicatrices, mille regrets, une mémoire en lambeaux. Ces souvenirs me colleraient à la peau. Cela ne faisait pas de moi un être unique. On aurait sans doute souhaité que je sorte de ce calvaire métamorphosé de A à Z. Rien n'était moins certain. Ce qui ne te tue pas te rend plus fort, cette vieille rengaine. Je ne m'étais pas laissé abattre. Où était le mérite ? Le doute n'était pas permis, voyons. Les mêmes conneries allaient recommencer. Le Neuhoff nouveau n'était pas arrivé. La sagesse avait mordu la poussière. L'innocence s'en était allée, ça oui. Nous serons des jean-foutre pour toujours.

J'étais ce sale connard égoïste. Tout m'était dû. Non mais. La terre entière était à ma disposition. Je claquais des doigts. L'enfant gâté dans toute sa splendeur. Qu'est-ce que je pouvais faire ? Qu'est-ce que j'étais censé faire de mieux, hein ?

J'en avais bavé, certes. Ce supplice se perdait dans le lointain. C'est moi qui avais subi toutes ces avanies ? La tragédie m'avait été épargnée. Ça n'était pas le cas d'Olivier. Je me contentais des dommages collatéraux. De cela, je n'étais pas outrageusement fier. Encore une fois, j'avais survécu. Qu'allais-je faire de ce sursis ? La tentation n'était pas mince de le transformer en gigantesque gâchis.

Ai-je perdu mon temps ? Je ne sais plus au juste. Les journées s'agglutinaient, formaient un magma. La vie a continué, belle vacherie. J'essaie de conserver un brin de dignité. La grandeur, ça sera pour une autre fois.

Je me disais qu'à l'avenir, j'allais m'obstiner à essayer de changer les choses, sans me douter que je ne réussirais même pas à les rendre justes.

Reprenons. J'ai passé une nuit dans un hôpital de Gérone. Puis il y eut Garches où je suis arrivé à moitié dans le coma, un bref séjour à Ambroise-Paré. Re-Garches jusqu'à la fin août. Enfin, Jouvenet. Je n'en ai plus bougé. Cette villégiature me convenait : seule fois où j'ai habité – si on peut dire – le XVIe. La Rive droite ne me réussit pas. Tant pis pour Roger Nimier qui estimait que la place Péreire était le centre du monde.

Dalí, lui, c'était la gare de Perpignan. Ils se gouraient tous les deux dans les grandes largeurs.

Faut-il un début à toute vie ? La mienne recommença à vingt-trois ans. Elle ne fut plus jamais la même. Jusque-là, il ne m'était rien arrivé. Je n'existais pas. Maintenant, je n'ai plus peur de rien. Je vais peut-être commencer à aimer la vie, comme ceux qui n'en ont pas assez profité. Il suffisait d'attendre. C'était mon heure.

Ce furent douze mois sans soupirs et presque sans larmes. Néanmoins, ils furent ravageurs. Je n'eus pas l'impression de m'ennuyer durant cette année d'attente et d'observation. Il y avait eu ces jours où nous étions tous vivants. Je n'étais amoureux de personne. Cela tombait bien. Ma petite amie se serait lassée, à coup sûr. Les visites se seraient espacées, avant de cesser complètement. Ce grand corps malencontreusement inutile, qu'en aurait-elle fait ?

Certes, il y avait eu plusieurs histoires. Rien de sérieux. Le sérieux ne figurait pas au programme. Là-dessus, nous étions intraitables. Le mariage serait pour plus tard. La vraie vie attendrait. Elle avait commencé sans nous. En ce qui me concerne, c'était comme si j'avais appuyé sur la touche « Pause ». Les âneries repartiraient de plus belle.

Je n'ai encore rien fait dans la vie. Il va falloir s'y mettre. Oh là là !

Je n'y crois pas. Le premier film que je vois à ma libération est d'Élie Chouraqui. *Mon premier amour* est tiré de Jack-Alain Léger. Anouk Aimée joue la mère. Je ne me rappelle plus qui fait son fils. Nous ne devions pas être bien nombreux, cet après-midi-là, dans la salle du Vox à Rambouillet.

Les chefs-d'œuvre seront pour plus tard. L'automne est garni, de ce côté. Je me précipite un mercredi à la séance de midi au Hautefeuille pour *Apocalypse Now*. La queue fait le tour du pâté de maisons. Je patiente sur mes cannes anglaises. Dès le lendemain, je me plonge dans la nouvelle de Conrad. Je reverrai le Coppola dans le Lot, en VF, avec mon père, qui déteste évidemment. Brando surtout, et son « Horreur, horreur », lui semble ridicule. Il a tort. En revanche, sur *Orange mécanique*, il ne se trompait pas. Il haussait les épaules devant les aventures d'Alex et de ses droogies. Nous nous disputions beaucoup à cause de ça. Aujourd'hui, je suis comme lui : je trouve le film comique. Comme les romans de Boris Vian, le Kubrick est fait pour les adolescents. Michel Ciment ne m'aurait pas pardonné cette phrase.

Je peux retourner dans les librairies. Je découvre

Les Déclassés en solde chez Gibert. La page de garde a été arrachée. Encore un journaliste qui a vendu son service de presse. La couverture rouge et noir du Sagittaire a de la gueule. J'apercevrai Jean-François Bizot à un concert de Chicago aux abattoirs de la Villette. Je renonçai à l'aborder. Il portait un blouson de cuir comme plus personne n'en a maintenant. Il circulait seul parmi la foule. À part moi, qui donc le reconnaissait ? J'avais en tête sa photo qui illustrait la critique d'Angelo Rinaldi dans *L'Express*. Il en disait du mal, comme d'habitude. Sur le cliché, Bizot jouait au flipper. Tout cela me rappelait qu'il faudrait vraiment que je me décide à terminer ce roman que j'avais commencé avant l'accident. Je l'ai laissé en plan. La moitié du manuscrit repose dans un tiroir, une histoire de Vitelloni à la parisienne. Sur le titre, j'ai longtemps hésité. Il y a eu *De guerre lasse* (abandonné en cours de route : de toute façon, Sagan l'utilisera un peu plus tard). Ce sera *Précautions d'usage*. Personne ne comprendra. C'est moi qui suis fautif. J'ai cru que l'expression figurait sur les boîtes de médicaments. L'idée consistait à évoquer des débuts dans la vie, à montrer qu'il n'existait pas pour ça de mode d'emploi. Métaphore vaseuse. Qu'y a-t-il marqué au juste, « Conseils d'utilisation » ? Étant donné les maigres ventes que connaîtra le livre, il aurait mieux valu l'appeler *Contre-indications*.

À l'arrêt, ma position est celle d'un flamant rose, une jambe pliée à angle droit sur la poignée de la béquille. J'ai les mains prises. Je ne me déplace qu'en taxi. Je conserve précieusement les reçus. L'assurance est censée rembourser ces trajets. Elle ne l'a jamais fait. À plusieurs reprises, je me rends dans des bureaux de la Sécurité sociale du côté de Stalingrad. Ça n'est pas tout d'être handicapé, il faut aussi être submergé par la paperasse.

Les lumières se sont éteintes. Quand le panneau publicitaire arborant les initiales RTL s'abaissa sur la scène, les gens se sont mis à siffler. Je pensais qu'ils recommenceraient au moment de *If You Leave Me Now*, mais non. Ils étaient aux anges. À la fin, ils ont allumé leur briquet et l'ont balancé dans le noir au bout de leur bras. En 2023, les flammes ont été remplacées par les téléphones portables. Le saxophoniste de Chicago, le pouce levé, cria « Outstanding ! » dans son micro. Quel est le membre du groupe qui s'est tué en jouant à la roulette russe, déjà ?

À quoi allait ressembler ma vie ? J'évitais de me poser la question. Je soupçonnais bien que les mêmes conneries recommenceraient. La rédemption, mes fesses, oui ! Toujours le même petit con, avec une jambe esquintée en plus, tel serait le programme. Il ne fallait pas rêver. Je ne me transformerais pas miraculeusement en saint ou en héros. Aucun avertissement ne proclamait : « Vous êtes prié de laisser votre vie dans l'état où vous auriez aimé la trouver en entrant. » La chandelle avait brûlé par les deux bouts. Il restait des allumettes, hélas.

À part physiquement, je ne me sens guère différent. Un petit air de fragilité assez nouveau, peut-être. Le remords qui alourdit ma démarche.

Ça n'a pas traîné. Je fais le malin. Je casse ma tirelire pour inviter des filles aux Petits Oignons de la rue de Bellechasse. C'est un autre genre de rééducation. Les serveurs me débarrassent de mes béquilles, me proposent la banquette. C'est la belle vie. Je me gave.

Actuel reparaît sous une nouvelle maquette. « Nouveau et intéressant », assure la publicité. Nina Hagen s'époumone dans des sous-sols berlinois. Pat Benatar commence à faire parler d'elle. Giscard d'Estaing est embêté par une affaire de diamants en Afrique. Ses safaris lui coûteront cher.

« Le Journal de 20 heures » annonce la mort de Robert Boulin. On l'a retrouvé noyé dans les étangs de Hollande, pas loin de Rambouillet.

C'était la vie, toujours la même, la vie fastidieuse.

Au moins, je ne retournerai pas à Censier. Affaire classée. Je ne me voyais pas redoubler. La maîtrise de lettres se passerait de moi. *Le suicide et l'autodestruction dans l'œuvre de Drieu la Rochelle*, tel était le mémoire que j'avais à traiter. Comme intitulé pompeux, cela se posait un peu là. En ces temps lointains, la Sorbonne-Nouvelle n'interdisait pas de se pencher sur le cas d'un écrivain collaborateur. Dans quel carton gisent les vagues feuillets que j'avais remplis ?

Le service militaire pouvait aller se faire voir. J'en avais assez bavé. L'armée avait perdu une de ses meilleures recrues. Ils m'auraient envoyé en Allemagne. J'aurais passé le permis poids lourd. Les classes se seraient effectuées à Mourmelon. L'uniforme m'aurait gratté. À moins que ces cons-là n'aient l'idée saugrenue de me réquisitionner dans un de leurs bureaux, caserne de Reuilly. Ou alors, comme les pistonnés, une planque dans les bureaux de *TAM*, le magazine des armées.

L'administration a des ressources insoupçonnées.

La drôlerie, c'est qu'on me traite comme un ancien combattant. J'avais évité la chambrée. On m'avait épargné les corvées de chiottes, les marches forcées, les adjudants bas du front.

La vie active m'attendait. Pour *Le Quotidien de Paris*, j'interviewe un après-midi Jacques Higelin dans un faux pub anglais de Pigalle. Au bout de cinq minutes, il me tutoie. L'article aura pour titre « Il faut chanter comme on a envie de pisser ». Nous nous quittons après avoir vidé une bouteille de champagne. Higelin règle la note, geste dont je découvrirai par la suite qu'il est extrêmement inhabituel chez les artistes. Pour aggraver son cas, sur le trottoir, considérant mes béquilles, il me tend un billet pour me permettre de sauter dans un taxi. Pourquoi ne lui ai-je pas dit que ses morceaux m'avaient accompagné durant mon séjour à la clinique Jouvenet ?

Je boite. Je repense à Geneviève Dormann, que je n'ai toujours pas rencontrée, et à sa théorie sur les béquilles. Selon elle, les filles allaient toutes tomber comme des mouches. Si seulement. Sa théorie se poursuivait : pour qu'on les remarque dans la rue, les femmes se servent d'un chien ou d'un bébé. Méthode infaillible. Moi, ce sera les cannes anglaises. J'aurai la béquille ravageuse. Il y avait du vrai, dans ce qu'elle affirmait. Les demoiselles étaient plus tendres. Elles vous emmenaient dans leur VW, dînaient avec vous à la Coupole ou à la Closerie, vous accompagnaient au dernier Woody Allen ou Clint Eastwood, buvaient du vin blanc au Sauvignon. La vie recommençait doucement. L'avenir était en rodage. Je n'avais plus peur de rien. Tout m'était déjà arrivé. Il suffisait d'attendre. Ça serait mon heure.

La douleur se transforma en gêne. Elle est ma plus fidèle compagne. Je suis là, tu sais, je ne te quitterai pas.

Il y a un léger mieux. Une canne remplace les béquilles. Un artisan de Versailles me confectionne des chaussures orthopédiques. Ma jambe gauche se termine par un fer à repasser. Le bas du pantalon cache un paysage de ruines.

1982

Je me réveille avec des visages planant au-dessus de moi. Le professeur Lemerle est un peu le sosie de l'acteur américain Richard Crenna. Il réduit l'arthrodèse. Je dis adieu aux chaussures orthopédiques. Il était temps. Elles en avaient vu de toutes les couleurs. Un talon normal suffira à compenser l'angle du pied. J'aurai bientôt des ailes à la cheville.

Je suis hospitalisé à Boucicaut. Quand je remonte du bloc, ma fiancée du moment s'évanouit. Je suis à nouveau un jeu de Lego, un Meccano en pièces détachées. Assez de ces chairs meurtries, charcutées. Jean-Michel Gravier m'apporte le trente-trois-tours de Dexys Midnight Runners. *Come On Eileen*, avec son bref solo de violon, marque le séjour. Kevin Rowland, bien déjeté, porte un foulard rouge et une salopette à même la peau. Astrid débarque avec une amie. Elles fomentent le projet d'ouvrir un restaurant. Jean-Pierre Coffe qui est là et qui vient de fermer sa Ciboulette les décourage. Elles n'y connaissent rien. N'importe quoi.

Pendant des années, je ne suis pas retourné sur la Costa Brava.

J'ai mis longtemps à repasser devant le Rachdingue. Pour me rendre à Cadaqués, j'empruntais une autre route. En 1980, *Le Quotidien de Paris* m'avait envoyé interviewer Henri-François Rey. Il sortait un roman. Rendez-vous avait été pris à la terrasse du Flore. L'été finissait doucement. Chez Grasset, l'attachée de presse m'avait supplié de ne pas l'appeler trop tôt le matin. Ce détail m'avait séduit. On ne se refaisait pas. Une voix féminine et espagnole avait répondu, avant de me le passer. La légende continuait. C'était ça, être écrivain : habiter à Saint-Germain-des-Prés, faire la grasse matinée et vivre avec une Andalouse.

Il était déjà là. Mes cannes anglaises l'étonnèrent. Je lui avouai que j'avais eu un accident en allant au Rachdingue. C'est à peine s'il réagit. J'aurais espéré qu'il s'embarque dans un dégagement à n'en plus finir sur Dalí, l'alcool, la nuit, la Costa Brava des années cinquante. Je m'étais imaginé qu'il se passionnerait pour cet épisode. Mais non, rien. Je ne fréquentais pas encore assez les écrivains. Tout pour leur gueule. Je n'allais quand même pas lui dire que la route du Rachdingue avait eu raison de notre jeunesse. Son livre ne m'avait pas plu, mais il n'était pas question de le mentionner. Lequel était-ce ? Il faudrait que je consulte mon agenda.

Était-ce *La Parodie* ? Peut-être bien. Il me parlait de *La Terrasse* d'Ettore Scola, se désolant de « la confiture idéologique » dans laquelle pataugeait la France. J'ai retenu l'expression. Sinon, de cette rencontre, il ne me reste rien. Il n'avait même pas sa chemise de gardian.

Après, il y a eu la mémoire, les dégâts, le temps. Chaque année, depuis, à la date fatidique, je repense à tout cela. Est-ce que le drame aurait pu être évité ? Avec des si, le passé prend une autre tournure. Et si Gilles n'avait pas invité Olivier en week-end ? Nous aurions pu aussi décider de nous rendre au Picasso ou à l'Astragale, ces discothèques qui se trouvaient au cœur du *pueblo*. Mais le Rachdingue était cet endroit si fabuleux. Olivier ne pouvait pas rater ça. Un décor pareil, il n'en avait jamais vu. On parie ? Viens, on dansera dans le jardin en espaliers sur *Loco* et sur *I'm Not in Love*. Le terre-plein servait de parking. Pour y arriver, les voitures soulevaient de la poussière. Dehors, de vastes coussins faisaient office de canapés. Les serveurs zigzaguaient entre les clients, leur plateau à la main. Le whisky-coca était à la mode. Il y avait aussi la tequila sunrise. La vodka-orange était autorisée. La folie régnait au milieu des cactus.

La patronne aux cheveux cendrés se prénommait Miette. J'ai oublié comment s'appelait son mari qui officiait derrière le bar. Ils roulaient dans une Méhari beige dont les flancs étaient couverts de publicités pour la discothèque. Les Alcootests étaient rares, surtout en Catalogne. Jusque-là, un dieu indulgent avait veillé sur nous. Ce soir-là, il avait regardé ailleurs.

Ou alors il aurait fallu qu'il pleuve. Nous aurions râlé, mais échappé au désastre. La météo nous aurait fait renoncer au déplacement. La boîte était en plein air. Nous n'allions pas imiter Gene Kelly dans sa comédie musicale. Un orage extraordinaire – oui – nous aurait sauvés. Le sort en a décidé autrement. Nous sommes sortis du Barbarossa et nous sommes montés dans les voitures.

Depuis, le passé a des semelles de plomb.

2022

Rebelote. Ça n'est pas vrai. Qui allait encore passer des mois à l'horizontale ? Voici comment les choses se sont déroulées. Il ne faudrait jamais aller en week-end à la campagne. L'été se précise. Le Perche tremble de chaleur. Dans l'escalier en colimaçon de ce relais de poste, je ramasse une épingle qui traîne par terre. Au lieu de descendre du deuxième étage en me tenant à la rampe, je brandis l'objet comme un sceptre miniature. C'est l'erreur. Le pied gauche glisse sur une marche ; le droit reste coincé sur celle où il était. Je plonge en avant, atterris en boule sur le palier du premier. C'est comme si on m'avait planté un couteau dans la cuisse. Le hurlement que je pousse laisse interdits les moutons dans le champ d'à côté. J'essaie de me relever. La jambe ne répond plus.

En bas, Florence est au téléphone avec sa mère. Elle raccroche en catastrophe, déboule dans tous ses états. Elle me traîne jusqu'à la chambre, me hisse sur le lit. Je n'ai pas encore pris ma douche. Impossible de me laver. On appelle le SAMU. Comme on est dimanche matin, les secours mettent un temps fou à arriver. Le garçon et la fille sont paniqués. Ils me parlent de claquage, veulent savoir s'il y a eu un bruit dans la chute, celui d'un élastique qui lâche. *Nada*. Ligoté sur un fauteuil roulant, les dents serrées, je les laisse me porter jusqu'au rez-de-chaussée. Direction les urgences de Nogent-le-Rotrou.

Le médecin de garde effectue des radios. Il n'y a rien de cassé. Peut-être, mais j'ai un mal de chien. Je suis incapable de m'appuyer sur la jambe droite. « Ne soyez pas douillet. La nature est bien faite. Cela se remettra tout seul. » Merci, docteur. En y repensant, j'ai envie de l'étrangler. Ces urgences-là, je vous recommande. Florence ne conduit pas. Jean-François a sauté dans un train à Montparnasse. Il nous ramène à Paris dans la Polo gris métallisé que je viens d'acheter. Elle n'a pas beaucoup de kilomètres au compteur. Pendant des mois, elle ne bougera pas du parking.

Avec tout ça, je ne sais plus où est passée l'épingle fatidique. C'était bien la peine. La prochaine fois, je laisserai les invités se l'enfoncer dans la plante du pied.

De retour à Paris, une amie me prête la paire de béquilles qu'elle vient d'utiliser à cause d'une entorse.

Quarante ans après, je retrouve mes cannes anglaises. Elles se sont modernisées. Des catadioptres sont fixés aux poignées. Prochaine étape, des clignotants ? Les choses ne vont guère mieux. SOS Médecins arrive à la rescousse. Le brave praticien me prescrit un scanner et une IRM. On est mardi. Il faut attendre le samedi pour qu'un cabinet me prenne en rendez-vous. Le verdict tombe. Rupture du tendon quadricipital. Panique à bord. Et les vacances en Espagne ? Elles risquent de passer à l'as.

Il faut trouver un chirurgien. Un rhumatologue m'oriente vers un de ses confrères à la clinique Arago. À la consultation, le praticien s'exclame : « Les célèbres urgences de Nogent-le-Rotrou ! » Il n'a pas besoin d'en dire plus. Il m'informe qu'une opération s'impose. Elle n'a que trop tardé. Je suis d'accord. Quand est-ce que je reviens ? La réponse fuse : « Vous ne partez pas. On fait ça demain matin. » Les hôpitaux commencent un peu trop à devenir mes résidences secondaires.

La chambre est au deuxième étage. Une infirmière me rase la jambe. On me sert un dîner léger. La télévision ne fonctionne pas. Je plonge dans un sommeil pâteux.

Pas de petit déjeuner. Finalement, l'intervention aura lieu vers midi. Je m'ennuie comme un rat mort. Je me fossilise dans l'ombre et le silence. Une infirmière odieuse me reproche de ne pas avoir pris ma douche. On ne m'avait rien dit. Je me traîne sur les béquilles jusqu'à la salle de bains, me rince assis sur un tabouret. J'attends.

Le brancardier se trompe de bloc. On corrige le tir. Le personnel hospitalier porte maintenant des combinaisons bleu-vert pendant les interventions parce que c'est la couleur complémentaire du rose des tissus corporels. J'ai droit à une pré-anesthésie locale. On me pique le bas du dos. Je m'endors aussitôt. Quand je me réveille, tout est déjà fini. Ça n'était donc que ça ? La jambe est serrée dans une attelle noire. Retour dans la chambre. Il y a quelqu'un dans le lit d'à côté. Ça n'était pas prévu. Mon voisin est tombé à scooter. Il ne reste pas là. Vaseux tous les deux, nous échangeons nos impressions. Je n'ai pas mal du tout. Quelle plaisanterie ! J'ai une faim de loup, une soudaine envie de hamburgers. Mon fils Gaspard m'apporte des Big Mac dans un sac en papier kraft. Je n'en laisse pas une miette. Ça n'était pas la peine d'en faire tout un plat. Pas la moindre douleur. Je suis presque déçu.

À onze heures du soir, changement radical. Ça ne plaisante plus. L'anesthésique se dissipe. Le genou s'enflamme. Je sonne l'infirmière de garde. Elle est désolée : j'ai déjà eu un comprimé de morphine. La plaisanterie durera toute la nuit.

J'ai gardé le bracelet en plastique bleu des urgences. Sur l'étiquette, mon nom et ma date de naissance sont imprimés. La mention « 65 ans » figure sur la droite.

Ils ont été gentils de me rajeunir. Douze mois, c'est toujours ça de pris.

26/06/2022. 13 h 47. Ces chiffres, je m'en souviendrai, oui.

À côté, il y a l'hôpital Saint-Joseph où j'avais rendu visite à Bernard Frank après un de ses pontages. Il m'avait demandé de lui apporter une bouteille de bordeaux. Alexandre Astruc n'avait pas agi autrement lors de son séjour à Sainte-Périne où il se remettait d'une jambe cassée.

Plus prosaïquement, j'ai commandé à mon fils Gaspard un Big Mac. Affaire de génération.

Immobilisation forcée. Pendant deux mois, je ne quitte pas mon canapé. Cela me rappelle des souvenirs d'il y a des siècles. Le passé, en moi, ne vieillit pas. Je m'offre un confinement à usage privé.

Le genou, maintenant. C'est le droit. Après la cheville gauche, la symétrie est respectée. La nature fait bien les choses. Tendon quadricipital, je ne savais même pas que le terme existait. Apparemment, cet organe est assez utile. Il relie le bas de la cuisse au haut de la jambe. Décidément, l'anatomie n'a plus de secret pour moi. La prochaine fois, quel organe sera touché ? Appelez-moi docteur, svp.

Me voilà bien. Recousu de partout, je suis un Playmobil auquel il manquerait des pièces. Mes fils m'ont inscrit sur des sites en ligne. J'habite un rez-de-chaussée sur cour. Les livreurs posent leurs paquets sur le rebord de la fenêtre. Si l'idée leur traversait la tête, ils pourraient me dévaliser sans histoire. Je serais incapable de lever le petit doigt. Servez-vous, les gars. Il n'y a rien à voler, chez moi. Mon code doit circuler dans des banlieues improbables. Dehors, la canicule plombe Paris. Le ventilateur tourne en permanence. C'est comme si un esclave nubien m'éventait. Je lis de vieux Simenon. Je revois les œuvres complètes de Dreyer en DVD. Le coffret patientait depuis des années sur la table basse. Le handicap a du bon. Sur Amazon, je commande des antiquités comme *L'Année du crabe*, des numéros jaunis de *La Parisienne* et des *Cahiers des saisons*. J'écoute *Waltz for Debby* de Bill Evans.

La gardienne de l'immeuble m'adresse un « Coucou ! » depuis la cour qu'elle asperge au jet d'eau. Merci, je n'ai besoin de rien. Les voisins sont aux petits soins. Deux fois par semaine, une infirmière me refait le pansement. Le genou est barré à la verticale d'une fine cicatrice. Les points de suture où le sang s'est coagulé ressemblent à des insectes dans leur carapace. J'ai découpé la jambe droite d'un pyjama à hauteur du genou. Cela fait un drôle de bermuda.

Les douches sont rapides, acrobatiques. Une gaine en plastique enveloppe la jambe. Je m'accroche aux tuyaux, me glisse dans la baignoire avec des ruses de Sioux. Pour sortir, il faut se hisser sur le rebord, soulever la jambe droite, pivoter et basculer jusqu'au tapis de bain. Ouf, ça y est. Je suis déjà en nage.

Le soir, j'ouvre l'attelle précautionneusement et passe un gant humide sur la jambe. Le genou est gonflé comme un pamplemousse. C'est le jumeau obèse du gauche. Le pied se dessèche, ressemble à l'écorce d'un arbre. Je le frictionne avec une pommade qui me laisse les mains grasses. Se rendre aux toilettes est une expédition. Je limite les pipis au maximum. Pour la nuit, je me suis procuré un bon vieil urinal. Ce cher pistolet, il y avait longtemps, tiens. Sous les draps, il s'agit de ne pas en renverser partout. Tout cela a un goût de réchauffé. L'histoire se rejoue en mode mineur, dérisoire. L'attelle m'oblige à dormir sur le dos. Je contemple les chiffres phosphorescents que le réveil projette au plafond. Ils sont d'un rouge vif. Comme un prisonnier dans sa cellule, je compte les jours. Le 1er septembre me semble perdu dans un mirage, un peu comme quand enfant on espérait Noël qui mettait un temps fou à arriver.

La pharmacienne vient me vacciner contre le Covid. Dans la chambre, le vélo d'appartement prend toute la place. Les exercices ne dépassent pas le quart d'heure. C'est d'un ennui. J'écoute en pédalant dans le vide des émissions en podcast.

La location d'un fauteuil roulant s'impose. Florence s'improvise pilote de course. À droite, un repose-pied permet d'étaler la jambe. Les trottoirs constituent des obstacles redoutables. Dans le quartier, je fais ma petite sensation.

Je mets un peu le nez dehors. Mes expéditions ne m'entraînent pas au bout du monde. Le restaurant d'en face a été vendu à un présentateur de télévision. La carte, en gros, est restée la même. Les Vitoux poussent mon fauteuil jusqu'au chinois du boulevard Saint-Germain. Heureusement, il y a une terrasse. Je suis loin de la table. Les taches pleuvent sur mon polo. Patrick Besson et Anthony Palou débarquent avec des plateaux de sushis. Le Fol et Wachthausen arrivent les bras chargés d'anchois et de bellota. Inès et Henri-Michel ont acheté un couscous chez Bébert. Les Cérésa ne viennent pas les mains vides : une choucroute est au menu. Jean-François prépare des steaks hachés. Il n'a pas oublié la Savora. Des collègues du *Figaro* déboulent pour l'apéritif. Albina m'expédie une bouteille d'Amarone 2010. À cause du manque d'exercice, je ne bois pas de vin. Cela m'évitera de me retrouver comme un poussah. Un coq en pâte, je vous dis. Mes fils se relaient. Florence veille au grain. Elle dort sur le canapé. Dans le lit, je prends toute la place. Elle se dévoue corps et âme. C'est une sainte. Le mot la fait rigoler. Je lui ordonne de partir une semaine pour Lisbonne.

Un dimanche, je jette enfin mon attelle dans la poubelle de la cour. *Hasta luego maricón*. J'ai mis le temps. J'attendais je ne sais quoi. Bientôt, je rendrai les béquilles à la pharmacie.

Le kiné vient deux fois par semaine. C'est le bon rythme. Ses consignes sont précises. En son absence, je m'entraîne. Quel pied avancer le premier ? Rien n'est simple. J'ai un aperçu de ce que sera la vieillesse. Tout est compliqué. Tout est un problème. Le moindre mouvement réclame une solide dose de concentration. Cela exige un temps fou. La douleur reprend du service. Le but est de se déplacer avant que le genou ne se raidisse.

Les escaliers ressemblent soit à l'Annapurna soit à une piste noire. Cela dépend si on les monte ou les descend.

Ma première sortie officielle, début septembre, est pour le Salon du livre à Nancy où l'on enregistre rituellement « Le Masque et la Plume ». La reine d'Angleterre vient de mourir. Les journaux ne parlent que de ça. La planète a la larme à l'œil. Just Jaeckin, c'était deux jours avant. Les hommages pour le réalisateur d'*Emmanuelle* ont été moins universels. À la gare de l'Est, mes cannes anglaises frappent le sol. Un sac en bandoulière me barre la poitrine. Pas question d'avoir une valise :

mes deux mains sont occupées. C'est une expédition. La voiture 17 est au bout du quai. Ça commence bien. On me hisse dans le wagon. Je range mes béquilles dans le porte-bagages. Dans le train, j'allonge ma jambe sous le fauteuil d'en face. Jean-Claude Raspiengeas a devant lui les Mémoires de Pierre Nora (volume deux). Élisabeth Philippe lit *Libération*. Sur deux pages, il y a une interview de Colm Tóibín. Arnaud Viviant me demande à combien de jurys j'appartiens. Jérôme Garcin parle de *La Maison des Bories*. C'est le dernier film qu'il a vu avec son père. Marie Dubois était à l'affiche. Qui était l'autre acteur, déjà ? Matthieu Carrière, bravo. Est-il toujours vivant ?

Des titres résonnent dans les couloirs de la SNCF, *Les Désarrois de l'élève Törless*, *Malpertuis*, *L'Homme au cerveau greffé*. La mention d'*India Song* provoque des rires. « Matthieu avec deux *T* », rappelle Jérôme, un index levé.

À l'arrivée, Garcin nous annonce son intention de tirer sa révérence fin 2023. Trente-quatre ans de micro, ça suffit. Il a l'air sérieux. Sur le quai, la nouvelle fait un drôle d'effet. Beaucoup promettent de l'imiter. Tous ne tiendront pas parole.

Un taxi me transporte de l'hôtel à l'Opéra de la ville où a lieu l'émission. Le véhicule passe devant une boutique dont la vitrine est ornée de l'inscription « Mode échangiste ». Qu'est-ce qu'on peut bien y vendre ? Le commerce ne manque pas d'invention. Le chauffeur nous informe qu'il aurait dû être au stade. Au loin, sur un mât immense, des projecteurs brillent de tous leurs feux. Il y a un match de football. Les rencontres Metz-Nancy provoquent de brutales échauffourées. Les deux villes se détestent. Il y a des sens interdits partout. Cela occasionne des détours sans fin.

La place Stanislas est humide de pluie. Attention à ne pas glisser. Au milieu, Christophe Ono-dit-Biot, hilare, me prend en photo. Des écrivains occupent les terrasses abritées. Ils ont tous un livre à vendre. Bon courage. Ils s'imaginent avoir un prix. Les pauvres. Beaucoup d'appelés, peu de lus.

Les escaliers, ça n'est pas encore ça. Je ne sais pas quel pied poser en premier sur la marche. Les rampes sont d'un grand secours. Je m'agrippe à ces providentielles barres de métal. Le 110 mètres haies n'est pas exactement pour demain.

Avant le générique, un solide pompier me descend à bout de bras jusqu'aux toilettes du sous-sol.

Durant les débats, les critiques se crêpent le chignon à propos de Iegor Gran, que Viviant compare à Céline – visiblement, il ne s'agit pas pour lui d'un compliment – et de Catherine Millet que Beigbeder, piqué par une drôle de mouche, met au niveau de Proust et de Simone de Beauvoir. Raspiengeas, tordant, débite un tas de citations toutes plus ridicules les unes que les autres. En 2022, cette dame écrit encore « au jour d'aujourd'hui ». Hilarité générale. Le public est aux anges.

Au tour du cinéma. Mes camarades essaient en vain de me pousser à dire du mal d'Isabelle Huppert, activité qui a longtemps été mon sport favori. Je préfère encenser la comédienne rousse qui l'incarne adolescente dans un film que j'ai déjà oublié.

Sur la scène, pendant le réglage des micros, je m'offre une plaisanterie : « Je suis passé des *39 Marches* à *Fenêtre sur cour.* » Haha. Pour *Les Chariots de feu*, il faudrait attendre un peu.

Les applaudissements ponctuent la fin de la partie. À l'Excelsior, nous sommes pratiquement les derniers clients. Le menu se compose d'un tartare de thon aux tomates et d'un espadon aux morilles. Pas d'alcool. Les médicaments me servent de prétexte, alors que je n'en prends plus. Je n'attends pas l'arrivée du paris-brest. Il fera le bonheur d'un gourmand.

Dans le train du retour, je ne retrouve plus mon billet. Le contrôleur, armé de sa machine numérique, me demande juste ma date de naissance. Ma réservation s'affiche aussitôt. Quelqu'un fait remarquer qu'avec une actrice, cela n'aurait jamais marché : elles mentent toutes sur leur âge. L'assistante de Jérôme Garcin a acheté une tonne de capsules Nespresso. Les autres sont chargés de boîtes de macarons. Frédéric Beigbeder est parti plus tôt. Il envoie un sms pour indiquer qu'il est déjà dans son avion pour Biarritz.

Cela dure. Je ne demande plus. On m'avait dit novembre. Ensuite, il fut question de janvier. L'échéance fut repoussée à mars. J'ai compris, merci.

Il faut s'arranger avec ça. Se résigner à descendre les marches comme un crabe. Tous ces efforts auxquels j'avais consenti, toute cette peine que je m'étais donnée. J'attendais le prochain obstacle.

En plus, je n'écris pas une ligne. Je pense à un futur roman. Titre éventuel : *Paris, ville posthume*. Cela ne veut rien dire.

Je suis une pauvre chose bancale. Le kiné considère mon vélo d'appartement. La machine pèse un âne mort. Des cadrans byzantins ornent le guidon. On dirait le tableau de bord d'un Boeing. Évidemment, je ne parviens pas à les régler. Je pédale à l'aveuglette, laissant les minutes s'égrener lentement. La pensée m'effleure soudain que Goscinny a succombé à un test d'effort chez son médecin. Je ralentis la cadence.

Hubert et Gaspard passent vérifier les progrès du malade. Ils ont les clés. Je leur confie des ordonnances. On me prescrit un médicament pour prévenir la phlébite.

Des amis bienveillants me suggèrent de remplacer la baignoire par une douche à l'italienne. Avec une poignée fixée dans le carrelage. C'est tout juste s'ils ne m'offrent pas des couches avec des fronces protectrices. Je fais de vieux os.

Dans mes mails, il n'est pas rare de tomber sur des publicités pour des monte-escalier. D'autres se vantent de régler les problèmes de prostate. Elles n'arrivent même pas dans la rubrique « Indésirable ».

Les salles d'attente, les laboratoires d'analyses, les cabinets de radiologie deviennent mes villégiatures. J'utilise davantage ma carte Vitale que mon American Express.

Pas question, dans mon état, de me rendre aux projections. Rester assis pendant deux heures relève de la mission impossible. Les compagnies de cinéma m'envoient leurs films en lien. Sinon, mes fils dénichent des copies en streaming. Je vis dangereusement. Je suis un pirate. En tout cas, me voilà le seul critique à découvrir toutes les nouveautés allongé sur son canapé. Cela n'a pas de prix.

Seule exception : *Babylon* au Beaugrenelle. Ça, je suis un surhomme. Avec les béquilles, les escaliers mécaniques sont un cauchemar. Je ramasse mes cannes vingt fois par jour. Dans la salle, heureusement, les fauteuils de cuir imitent ceux de la première classe sur Air France. Ils basculent à l'horizontale. Voilà ce qu'il me faudrait à la maison. Ne rêvons pas.

Sur l'écran, un éléphant a la diarrhée. Brad Pitt se saoule en tuxedo. Margot Robbie se fait mordre dans le cou par un crotale. À Hollywood, les turpitudes ont de la gueule. Le film dure trois heures. J'ai peur d'être obligé d'aller aux toilettes dans le noir. Ma vessie, brave fille, tient bon jusqu'au générique de fin.

Peu après, rebelote. Je me rends au même endroit pour *Avatar*. En l'occurrence, ça n'était pas la peine. Tous ces efforts pour pas grand-chose.

Dans la foulée, je me présente à l'Académie française. Et me voilà donc, vieux gamin devenu notable, à espérer que je ne suis pas en train de faire une gigantesque connerie. On a vu. Encore une marche de ratée. Ça ne sera pas la dernière.
Si ?

Ce week-end, j'ai pu reprendre mon vélo, le vrai. Le genou forçait un peu. L'équilibre, ça n'était pas encore tout à fait ça. Les rues étaient à moi. Surtout, il fallait éviter les nids-de-poule. Les pneus avaient dégonflé. Au bout d'un an, c'était fatal. Des feuilles mortes s'étaient incrustées dans le panier métallique vissé sur le porte-bagages. Les freins ne répondaient plus tellement. J'étais un peu comme ça, moi aussi. J'aurais eu besoin d'un solide contrôle technique.

Rue de Grenelle, juste avant le feu du boulevard Raspail, une 204 est garée sur la droite. Elle ne bouge guère de sa place. Elle est de la même couleur bleue que le cabriolet d'Olivier. La plaque aux chiffres géants indique qu'il s'agit d'une voiture de collection. Elle ne date pas d'hier. Chaque fois que je passe devant, je repense à cet été 1978. À qui appartient-elle ? Si je rencontre le propriétaire, je lui expliquerai pourquoi je m'attarde devant son véhicule.

Qu'est devenu celui d'Olivier ? Les assurances ont dû l'expertiser. Il a sûrement rouillé dans une casse, avec sa carrosserie en accordéon, son pare-brise en miettes.

Maintenant, tout le monde est mort. Le professeur Judet n'a pas résisté à une anesthésie au cours d'une opération. Le cœur de la vieille bête (pas tant que ça – il avait soixante et onze ans) a lâché. Ironie du sort : ce grand chirurgien a succombé sur le billard. Ma grand-mère, ma tante, mon père et ma mère reposent dans ce cimetière du Lot, à côté de la petite église qui n'ouvre plus ses portes que pour les obsèques, soulignant ainsi toute la misère du catholicisme français. À chaque fois, le prêtre vient d'ailleurs. La pierre tombale est couverte de fleurs séchées. « Famille Neuhoff », telle est la mention inscrite dans le marbre, rien d'autre. Le caveau m'attend. Il y a de la place.

L'hiver, ils reposent sous la neige.

La famille me manque. Elle était chaude, dispersée, unie. Il y avait des Noëls pétillants, des étés au goût de sel, juste ce qu'il fallait de malentendus. Les maisons du Lot et d'Espagne, bientôt celle de Gambais, battaient le rappel des troupes à intervalles réguliers. Elles nous servaient de boussoles. Nous en avions besoin. Sauf une, toutes ont été vendues. Nous nous sentons un peu perdus. Nous ne savons plus où passer les réveillons, quand la nuit est bleue et gelée, du côté de Cahors. Pour de multiples raisons, je n'ai pas réussi à offrir à mes fils ce genre de points de repère. Il n'y a pas de quoi se vanter.

Nos vieux jouets reposaient dans des greniers. Dans des cartons, des collections de journaux jaunissaient. Le flipper était en panne, mais il était toujours là. La table de ping-pong se couvrait de toiles d'araignée. Le bruit des balles me ramenait aux années soixante-dix. Elles me semblent très loin. Arriverais-je encore à réussir un revers lifté à peu près décent ? Les anniversaires rassemblaient la tribu. Le mien tombait en juillet. Cette malchance. Tout le monde était déjà en vacances. Je soufflais les bougies dans des odeurs d'ambre solaire.

Il faudrait se préoccuper pour la première fois de la vie, de la santé, de l'inexorable vieillissement. Nous mourons plusieurs fois avant la bonne.

Je n'aurai plus jamais vingt-deux ans sur les routes d'Espagne plongées dans le noir. Olivier aura vingt-trois ans pour toujours. C'était la première fois qu'il venait en Catalogne. Ce fut aussi la dernière. Sa jeunesse s'est brisée net au fond d'un ravin. La mienne a traîné la patte. Elle a duré beaucoup trop longtemps, a joué les prolongations comme une vieille peau qui n'aurait pas renoncé, sous ses épaisseurs de fard.

Il n'a pas pris un gramme. Ses cheveux ni son regard ne sont devenus gris. De là-haut, peut-être qu'il nous juge. Il doit sourire, nous trouver frivoles, décevants, peu sérieux, alors que nous nous sentons si lourds, avec nos prudences de notaire. Son ombre suit nos pas à la trace. Il aurait pu être notre sismographe, un baromètre de nos illusions. Il lui aurait fallu d'autres horizons.

Est-ce que nous l'avons trahi ? De lui, nous parlions à voix basse, comme d'un secret bien gardé. Il nous est arrivé de l'oublier. Nous nous excusions d'être humains.

Ça, nous n'avons pas été à la hauteur. Aucun de nous n'a été Frank Lloyd Wright, Roger Nimier, le professeur Barnard ou même Raymond Barre.

Il est le couteau dans la plaie. Repenser à lui nous permet de rester droits. Il n'a pas failli. Manque de temps. Il y a eu les échecs, les compromis, les maladresses, les menus reniements. Le monde lui aura épargné sa salissure. Il n'était pas question de le laisser s'enfoncer dans le néant. Ces quelques pages sont là pour ça. Tribut dérisoire. Nous avons perdu tant de batailles, jusqu'à celles que nous n'avons pas livrées.

Nous irions le chercher, là-bas dans notre mémoire. Il demeurerait pur, intact, minéral. Nous nous sommes abîmés sans nous en apercevoir. Il n'y a pas de honte à ça. Quoique. Nous avons tâché de lui être fidèles. Nous savons qu'il est là. Les souvenirs forment la vieillesse. Bientôt, il ne restera plus que ça. Laissons les vivants mourir à petit feu. Le temps passera, avec son cortège de défaites. Nous faisions de mauvais survivants. Nous avions regardé beaucoup trop de cercueils dans des églises mal chauffées. Les remords nous servaient d'alibis. Nous nous sommes fabriqué une panoplie de médecin, d'homme de lettres, de haut fonctionnaire. Nos révoltes feintes ont fait long feu. Cela mériterait des gifles. Nous n'étions pas nés de la dernière pluie. Nous nous croyions uniques et valeureux. Nous avions un estomac d'autruche. Les couleuvres que nous avons avalées. Le spectacle n'était pas glorieux.

Nous avons fait de maigres folies. Nous avons fait de pauvres bêtises. C'était avoir vingt ans et quelques, être de vieux lycéens pressés de couvrir leur désenchantement sous un linceul. Nous nous prenions pour des rebelles, des exaltés. Nous étions de petits Français, des privilégiés mal élevés, bouffis de chimères, pétris d'enfantillages. L'avenir chevrotait.

Des morts, il y en eut d'autres. Aucune ne nous marqua comme la sienne.

Adieu, cher compagnon d'armes.

« Vous voulez que je vous aide ? » Variante : « Vous avez besoin d'aide ? »

Pendant une période assez longue, ce furent les mots que j'entendis le plus souvent. J'eus, au début, du mal à comprendre qu'ils s'adressaient à moi. Diminué, impotent, c'était donc ainsi que les autres me voyaient. Je m'aperçus qu'il existait des gens aimables, courtois, attentifs. Les béquilles me distinguaient de la foule.

À un jeune homme d'aujourd'hui, je dirais : « Ne suivez pas mon exemple. » L'hygiène mentale est à recommander. N'attendez pas que votre corps soit massacré pour vous en occuper. Dans la mesure du possible, évitez les épreuves physiques. Les vertus de la souffrance sont très surestimées. On la décrie, mais on lui attribue des bienfaits avec un entrain qui laisse rêveur. Elle vous élèverait. Naïvement, vous vous figurez qu'elle vous sort du lot. Tu parles. Épargnez-moi vos trémolos. Son seul but est de vous réduire à l'état de loque. Elle a cependant une qualité : elle s'oublie. Face à elle, les mots sont de peu de poids. Elle est intraduisible. La décence consiste à ne pas lui laisser le premier rôle. Snobez-la. Sinon, elle est comme la misère : elle rend les gens méchants et laids, les transforme en pauvres choses, les ramène à zéro. Elle a un côté vieille fille. Les vieilles filles, on le sait, ne sont pas bien intéressantes. Interdisez à la gaieté de s'en aller.

À la vérité, tout ce temps, la douleur ne m'a plus lâché. C'est une douleur floue, tranquille, chafouine. Par politesse, je lui donne le nom de gêne. Il lui arrive toujours de me réveiller la nuit. Certains jours, elle se rappelle à moi avec une vigueur d'haltérophile de l'ex-URSS.

Tout cela, au fond, ne fut que du temps perdu. J'ai fait semblant de passer d'un cercle de l'enfer à l'autre. Le bonheur cherche toujours son camp.

Souffrir ? Dans la vie, il y a autre chose à faire.

Soudain, c'est l'automne. La retraite approche. La mort commence à nous avoir à l'œil. Le chemin fut long et lent, semé de repentirs. Nous voilà en éternels locataires de la nostalgie. Nous ne sommes toujours pas mûrs pour la vieillesse. À défaut de sagesse est venue la fatigue. Les charentaises sont au chaud. Elles nous attendent. Nous nous sommes donnés en spectacle. Dans la salle, il n'y a plus personne. Le public, pas fou, va demander à être remboursé. Dans le trou du souffleur, le silence résonne. La pièce est ratée et nul n'accepte d'en être l'auteur. Est-ce que nos enfants rougiront de nous ? La réponse ne fait guère de doute. L'honneur ? Comment prononcer ce mot sans éclater de rire ? Les héros sont en RTT. Il nous reste beaucoup trop de misérables années à trafiquer la fausse monnaie de la soixantaine. Nous avons tellement de temps à perdre.

Et l'ennui, l'ennui de plomb. Nous continuerons à toujours espérer que les femmes de nos vies reviendront par le prochain avion. Un jour, un jour sans doute, nous finirons par nous ressembler.

Chaque été, je passe devant sans m'arrêter. Sur la Costa Brava, le Rachdingue se proclame désormais « discothèque surréaliste ». L'hommage à l'artiste de Cadaqués est un peu gros. Au bord de la route, le panneau représentant les fameuses lèvres rouges peintes par Dalí est tagué. On y joue de la techno. Des DJ aux sons impossibles se succèdent aux platines. Un chemin de terre se tortille toujours jusqu'à ce mas perdu au milieu des oliviers, avec sa terrasse en espaliers. Je ne l'emprunterai jamais plus. Ma mémoire y soulèverait trop de poussière.

Tout est écrit, désormais. L'encre est sèche.

Quand ce livre sortira en librairie, peut-être que je marcherai à nouveau normalement.

Remerciements à Thibault de Montaigu.

DU MÊME AUTEUR

Aux Éditions Albin Michel

LETTRE OUVERTE À FRANÇOIS TRUFFAUT, 1987, nouvelle édition en 2024.

LES HANCHES DE LAETITIA, prix Roger-Nimier, 1989.

ACTUALITÉS FRANÇAISES, 1992.

COMME HIER, 1993.

LA PETITE FRANÇAISE, prix Interallié, 1997.

CHAMPAGNE !, 1998.

UN BIEN FOU, Grand Prix du roman de l'Académie française, 2001.

QUAND LES BRASSERIES SE RACONTENT, 2006.

PENSION ALIMENTAIRE, 2007.

MUFLE, 2012.

COSTA BRAVA, prix Cazes, 2017.

(TRÈS) CHER CINÉMA FRANÇAIS, prix Renaudot Essai, 2019.

LES ROMANS D'AVANT (*Les Hanches de Laetitia, La Petite Française, Un bien fou*), 2020.

RENTRÉE LITTÉRAIRE, 2022.

Chez d'autres éditeurs

PRÉCAUTIONS D'USAGE, La Table Ronde, 1982.

UN TRIOMPHE, Olivier Orban, 1984.

NOS AMIES LES LETTRES, Olivier Orban, 1984.

DES GENS IMPOSSIBLES, prix Kléber-Haedens, La Table Ronde, 1986.

LA SÉANCE DU MERCREDI À 14 HEURES, La Table Ronde, 1998.

PAS TROP PRÈS DE L'ÉCRAN (avec Patrick Besson), Le Rocher, 1993.

MICHEL DÉON, Le Rocher, 1994.

BARBE À PAPA, Belfond, prix des Deux-Magots, 1995.

HISTOIRE DE FRANK, Fayard, prix Georges-Brassens, 2003.

LES INSOUMIS, Fayard, 2009.

DICTIONNAIRE CHIC DU CINÉMA, Écriture, 2013.

L'AMOUR SUR UN PLATEAU (DE CINÉMA), L'Herne, 2014.

DICTIONNAIRE CHIC DE LA LITTÉRATURE ÉTRANGÈRE, Écriture, 2015.

DEUX OU TROIS LEÇONS DE SNOBISME, Écriture, 2016.

LES POLAROÏDS, Le Rocher, 2018.

SUR LE VIF, Le Rocher, 2020.

PETIT ÉLOGE AMOUREUX DES CINÉMAS, Privat, 2022.

COCKTAIL DE SAISON, Le Rocher, 2022.

Éric Neuhoff a reçu le prix Prince-Pierre-de-Monaco
pour l'ensemble de son œuvre.

Composition : Nord Compo
Impression : CPI Firmin-Didot en janvier 2025
Éditions Albin Michel
22, rue Huyghens, 75014 Paris
www.albin-michel.fr
ISBN : 978-2-226-49902-8
N° d'édition : 26182/01 – N° d'impression : 181872
Dépôt légal : février 2025
Imprimé en France